नमो अन्धकारं

[उपन्यास]

नमो अन्धकारं

दूधनाथ सिंह

राधाकृष्ण प्रकाशन

ISBN : 978-81-7119-391-2

नमो अन्धकारं

पहला संस्करण : 1998
पाँचवाँ संस्करण : 2022

मूल्य : ₹ 495

प्रकाशक
राधाकृष्ण प्रकाशन प्राइवेट लिमिटेड
जी-17, जगतपुरी, दिल्ली-110 051

शाखाएँ : अशोक राजपथ, साइंस कॉलेज के सामने, पटना-800 006
पहली मंजिल, दरबारी बिल्डिंग, महात्मा गांधी मार्ग, प्रयागराज-211 001
36 ए, शेक्सपियर सरणी, कोलकाता-700 017

वेबसाइट : www.radhakrishnaprakashan.com
ई-मेल : info@radhakrishnaprakashan.com

मुद्रक
बी.के. ऑफसेट
नवीन शाहदरा, दिल्ली-110 032

NAMO ANDHAKARAM
Novel by Doodhnath Singh

राजेश जोशी के लिए

नमो अन्धकारं

तब धर्मप्राण ऋषि-कुल ने उसे शाप दिया– 'तूने गुरु महेश्वर के संगोपन क्षणों का वर्णन किया। तूने अदृश्य को देखा और अलेख्य को लिखा। तेरी उँगलियों में कोढ़ फूटेगा। अब तुझे कभी चैन नहीं मिलेगा। मित्रहीन, अकेला, बौराया हुआ तू किसी वन-पथ पर मरेगा। तुझे चील-कौवे भी नहीं खाएँगे।'

–कालिदास के बारे में जनश्रुति।

1

हमारे गुरू थोड़े मेहरे हैं। 'प्रेमांशु' (गुरू-गृह का नाम) के पट खुलें और गुरू गंजी-पाजामे में हों तो आप लख सकते हैं। गुरू तखत से उठकर खड़े हो जाते हैं। अक्सर दोनों हाथ कमर पर रख लेते हैं, जैसे कंटाइन औरतें झोंटा-झोंटी के पहले रखती हैं। इस मोहिनी रूप में उनकी धजा देखते ही बनती है। मन्द-मन्द मुस्की में पतले और कामुक होंठ जरा चियरे हुए। वे ताड़ने वाली भेदक निगाहों से देखेंगे और खलीफ़ा (गुरू का बाल नौकर) को आवाज़ लगाते हुए अन्दर के कमरे की ओर बढ़ जाएँगे। तब आप उन्हें पीछे से ग़ौर करिए। नितम्ब थोड़े भारी और चकमक-चकमक थिरकते हुए। हरीश और मैं अगर होते हैं तो हरीश एक बार उनके नितम्बों की ओर देखता है और फिर मुझे। फिर वह फिस्-फिस् करके हँसता है।

'वाक़ई।' वह बोलता है। और फिर हम ठहाके लगाकर हँस पड़ते हैं।

'क्यों हँस रहे हो?' गुरू लौटते हुए पूछते हैं।

'गुरू, जरा पीछे घूमिए तो।' हरीश कहता है।

'क्यों?'

'घूमिए तो।'

गुरू पीछे घूम जाते हैं लेकिन गर्दन मोड़कर अपने पिछवाड़े निहारते हैं।

'एकदम सही।' हरीश बोलता है और हँसता हुआ सोफ़े में धँस जाता है।

'गुरू को अगर पता चला तो 'मठ' से निकाल दिये जाओगे।' हरीश कहता है। हम 'ठीहे' (कॉफ़ी-हाउस) पर आ बैठे हैं।'

'मैं गुरू का खास जोगी हूँ।' मैं कहता हूँ।

'तुम्हारे जैसे कितनों को यही भरम है। इसी भरम में कितने ठिकाने लग चुके। गुरू बख़्शते नहीं। कोई बंडल बाँधता मरेगा; कोई भरे प्लेटफ़ार्म पर पद्मासन लगाए बैठा है; किसी की भिनास हर तीसरे रोज़ फूटती है; कोई गली में लुढ़का है तो कोई हौली की खिड़की पर ऊँघ रहा है; किसी को लिवर-सिरोसिस, तो कोई राशन की लाइन में। और गुरू थिरकते हुए जस-के-तस। इसीलिए कहता हूँ, बहुत गुमान मत करो।' हरीश मुझे समझाता है।

'गुरू अर्द्धनारीश्वर हैं।' मैं हरीश की बातों की अनसुनी करते हुए कहता हूँ।

'मतलब?' हरीश चौंकता है।

'मर्द के साथ-साथ औरत का मज़ा भी।'

'तुम साले...!' हरीश हँसता है।

'क्या खूबसूरत कल्पना है हमारे ऋषियों की!' मैं कहता हूँ।

'डबल-सेक्स!' हरीश और ज़ोर से हँसता है।

'कल्पना करो, जब गुरू सेज पर लजाते होंगे।'

'और गुरू जब बीच वाली उँगली टेढ़ी करके चिनचिनाते हैं तब?' हरीश कहता है।

हम दोनों ठनठना कर हँसते हैं।

गुरू के बिना हमारा जीवन सूना है। हम बहुत तिड़तिड़ाते हैं। ठिन्न-ठिन्न करते हैं। अक्सर गुरू ऐसे-ऐसे काम कर बैठते हैं, इतना नुकसान पेल देते हैं, ऐसी अंडस में डाल देते हैं कि फटने लगती है। हर जोगी साचेता है कि बस, बहुत हो गया। गुरू की ऐसी-की-तैसी। लेकिन बाहर बोलने की हिम्मत नहीं। पता नहीं गुरू कौन-सा नया दाँव चल दें और आपको पता ही न चले। गुरू का पैसार बहुत बड़ा है। वाणी में अद्‌भुत शक्ति है। अफ़वाहों का अतुल भंडार है गुरू के पास। कनफूँकों की कमी नहीं है। अगर गुरू को पता चल गया बेटा, कि तुम फरजी बनने के फेर में गुरू से ही ऐंड़ ले रहे हो तो समझ लो, ऐसी लँगड़ी लगेगी कि हमेशा के लिए गुड़ुम्। इसीलिए गुरू से द्रोह पालना नादानी है। कोई नहीं पालता। गुरू वैसे भी कभी कुछ कहते नहीं। अगर तुम जाना चाहते हो तो जाओ। गुरू का 'मठ' सदा भरा रहता है। अक्सर कुछ-कुछ दिनों बाद 'मठ' में कोई नया चेहरा दिखाई देता है। गुरू इस चेहरे को सूम के धन की तरह बंडी के भीतर वाली जेब में रखते हैं। आँगन में, भीतरी बरामदे में, भउजी (प्रसाद जी की श्रीमती जी) के पास, कुन्ती जी (गुरू-भार्या) के पास, शैव्या (गुरू-कन्या) के पास, 'मेरी' (गुरू-कुतिया) के पास। पहले उसे अन्तःपुर झँकाते हैं गुरू। फिर जब पाठ पूरा हो जाता है, परीक्षा में वह उपमन्यु खरा उतर जाता है, गुरू को पूरी तरह यकीन हो जाता है कि अब 'मठ' को सूँघ के ही पहचान लेगा, तब गुरू उसे खूँटे से खोल देते हैं। अब उसकी गर्दन का पट्टा सारा नगर पहचान लेता है। 'मठ' का हर अड़भंगी एक-दूसरे का मुँह ताकेगा और ज़ोर का ठहाका पड़ता है। गुरू भी हँसते हैं लेकिन उनकी हँसी कंठ से बाहर नहीं आती। सिर्फ़ नाक की टोंट और गालों की उठी हुई हड्डियों के तिकोन सिन्दूरी आभा में दमक उठते हैं। गुरू जानते हैं कि खेली-खाई मंडली क्यों हँस रही है। लेकिन गुरू निश्चिन्त हैं। गुरू कच्चा भाँड़ा मंडली में कभी नहीं डालते कि एक ही ठहाके में गल जाए।

'गुरू का नया लल्लू।' सन्त प्रसाद हरीश के कान में कहता है।

और फिर हँसी की लहर पर लहर।

शाम हो गई है। नाले के तट पर 'प्रेमांशु' के तिकोने लॉन पर जगमग रोशनी है। तिकोन परिधि में बेंत की कुर्सियाँ लगी हुई हैं। एक ओर लम्बा-सा दीवान। यह गुरू का आसन है। बीच में बड़ी-सी तिपाई जिस पर औंधाई हुई गिलासें। भरा हुआ पानी का नया-नया घट। बरफदानी। सलाद में ढेर सारी कटी हुई प्याज, टमाटर। दो फाँक किए हुए उबले अंडे। लेकिन दारू और खाना गुरू के जिम्मे कभी नहीं। सारे जोगी जेबों में हाथ डालते हैं और हैसियत के मुताबिक दारू-सरदार राम सागर के हाथों पर रख देते हैं।

'अब जाओगे? तब तक तो चिखौना बेकार हो जाएगा।' गुरू निराश होते हैं।

राम सागर मुस्कुराता हुआ नीचे से अपना झोला उठाता है और 'माल' निकालकर तिपाई पर रख देता है।

गुरू की आँखों में आभा दुगुनी चमक से फूट पड़ती है।

'सील तोड़ो सन्त प्रसाद!' गुरू की उतावली झर-झर झरने लगती है।

'यह काम तो सदा से आपके जिम्मे रहा है गुरू!' सन्त प्रसाद बोलता है।

इस पर पूरी मंडली का ठहाका। गुरू सिर्फ़ लजाते हैं। लजाते हैं तो हरीश मेरी ओर देखता है।

'इसी तरह देवनाथ?' वह मुझसे पूछता है।

'बिल्कुल।'

और हम दोनों की फिर हँसी।

'साले हरामी हैं।' गुरू हमारी हँसी का अर्थ बूझने की कोशिश करते हैं। नहीं बूझ पाते तो गाली बकते हैं।

लेकिन उनकी गालियाँ तो जोगियों को और-और हँसाती हैं।

'क्या?' सन्त प्रसाद हरीश के कानों से लगता है।

'देवनाथ एक दिन कह रहा था—कल्पना करो, गुरू जब सेज पर लजाते होंगे। वही बात याद आ गई।' हरीश बताता है।

'गुरू, आपके बारे में चुगली कर रहे हैं साले!' सन्त प्रसाद हँसता है।

'अधम हैं साले! एकदम नीच!' गुरू मुस्की काटते हुए कहते हैं।

गिलासें सीधी की जाती हैं। सन्त प्रसाद बोतल के पेंदे में हथेली से दो-तीन बार ठोंकता है। फिर ठेपी तोड़ता है। गुरू की निगाहें बोतल पर लगी हैं। सन्त प्रसाद बराबर-बराबर ढालता है। गुरू के गिलास में जब ढालने लगता है तो गुरू की मुद्रा देखने लायक है। जैसे-जैसे गिलास में 'रम' गिरती है, उनकी हथेलियाँ ऊपर उठती जाती हैं। पहली धार गिरते ही गुरू के मुँह से निकलता है—'बस-बस, सन्त प्रसाद, बस'। लेकिन सन्त प्रसाद ढालता जाता है। हम सभी जानते हैं, यह गुरू की अदा है। वे बिल्कुल नहीं चाहते कि उनके गिलास में किसी से कम ढले। लेकिन गुरू नफ़ीस आदमी हैं और इसी नफ़ासत के बल पर बरसों से कायम हैं। सभी लोग गिलासें उठाते हैं और एक सुर में गूँजता है—'गुरू की जै।' लोग पहला घूँट लेकर गिलास रखते हैं।

'बड़ा ठर्रा माल है।' गुरू बोलते हैं।

यह गुरू की पसन्दगी का इज़हार है। माने, गुरू आज जम के छकेंगे।

नया लल्लू सिर्फ़ चिखौना उठा रहा है।

'गुरू, दीक्षित करें?' सन्त प्रसाद पूछता है।

'अरे नहीं, अभी नहीं।' वे इन्कार में सिर हिलाते हैं।

'हम लोग भी तो इसी उमर में भर्ती हुए थे गुरू!' सन्त प्रसाद कहता है।

गुरू लजा जाते हैं तो मेरी और हरीश की आँखें मिलती हैं।

अभी लोग दूसरा ही घूँट ले रहे होते हैं कि फाटक खुलता है। सखाराम जी (गुरू के छोटे भ्राता) प्रकट होते हैं।

'आइए, आइए।' गुरू के अलावा सभी लोग उठकर खड़े हो जाते हैं।

सखाराम जी आकर खड़े होते हैं। सबकी गिलासों की ओर ताकते हैं। आँखों से बोतल ढूँढ़ते हैं। नहीं दिखती तो सन्त प्रसाद की ओर नज़र उठाते हैं।

'है भाई, है।' सन्त प्रसाद तिपाई के नीचे से बोतल उठाकर दिखाता है।

'बस, एक ही आई है?' सखाराम जी नज़रें टेढ़ी करके राम सागर को देखते हैं।

राम सागर एक टेढ़ी और रहस्यमयी मुस्कान मारता है।

'धेत्त मर्दे!' सखाराम जी खट से बोतल कँखिया लेते हैं, 'अब इसमें से किसी को नहीं मिलेगी।'

राम सागर झोले में से 'जर्जर भिक्षु' (ओल्ड मांक) की दूसरी बोतल निकालकर दिखाता है।

सखाराम जी प्रसन्न होकर खुली हुई बोतल काँख से अलग करते हैं और तिपाई पर रख देते हैं। 'उसे झोले में डालिए तुरन्त।' सखाराम जी राम सागर को निर्देश देते हैं।

'इसीलिए तो...बाकी, कबो, कबो आपकी मती फिर जाती है।' राम सागर बोलता है और 'जर्जर भिक्षु' को झोले में डालता है।

सखाराम जी अपने झोले से मटन का चिखना निकालते हैं। काफ़ी बड़ा कटोरदान है। नया लल्लू जाता है और भीतर से छोटी-छोटी कटोरियाँ लाता है। सखाराम जी अपने हाथ से परोसते हैं। एक-एक पीस 'चॉप' और कटोरी भर 'सुरुआ'।

'जरा पीकर देखिए।' वे सन्त प्रसाद से कहते हैं।

सन्त प्रसाद ने इस बीच उनका गिलास बनाकर रख दिया है। लेकिन सखाराम को कोई जल्दी नहीं है। वे इत्मीनान से हैं कि राम सागर के झोले में एक 'जर्जर-भिक्षु' सुरक्षित है। उनके पुनः आग्रह पर सब लोग कटोरी उठाकर सुड़कते हैं।

'वाह!' गुरू के मुँह से निकलता है।

फिर सबके मुँह से।

लेकिन नया लल्लू सिर्फ टमाटर कुतर रहा है। गुरू की आज्ञा पर उसके लिए नींबू का शर्बत बनवाया गया है। कुन्ती जी ने खास अपने हाथ से बनाया। हालाँकि नया लल्लू उनकी बगल में रसोई में खड़ा रहा। उसने नींबू काटा और गारने वाली मशीन में डालकर उसे दोनों हाथों

से दबाया भी। क्योंकि कुन्ती जी की कलाइयों और उँगलियों में गठिया है। शैव्या को इतना ग़रूर है कि वह इन 'लफंगों' के लिए कुछ भी करने को नहीं उठती। बहू मायके गई है। नींबू का शर्बत और टमाटर का चिखना! सखाराम जी आँखें तरेर कर लल्लू को देखते हैं।

'इनका गिलास कहाँ है?' सखाराम जी सन्त प्रसाद से पूछते हैं।

'अभी गुरू का आदेश नहीं है।' सन्त प्रसाद कहता है।

'तब का बैठी हैं हियाँ...जनाने में जाएँ।' सखाराम बोलते हैं। उन्हें जब किसी पर गुस्सा आता है, उसे 'स्त्रीलिंग' कर देते हैं।

ठहाका पड़ता है।

'ए सखाराम!' गुरू अपने भाई को सम्बोधित करते हैं, जिसका मतलब है कि आगे मत बढ़ो।

'अरे, जाने दीजिए।' सखाराम एक बड़ा घूँट लेते हैं।

सखाराम गुणवन्त आदमी हैं। सचमुच के पढ़े-लिखे। विद्वान। राजनीति शास्त्र के विद्यार्थी। सघन मार्क्सवादी। ज्ञान का गरब नहीं है सखाराम को। हम लोगों की तरह उथले नहीं हैं, जो आधे गृहस्थ और आधे लफंगे। जो दरअसल किसी काम के नहीं। जो काम करते हैं वह भी पूरे मन से नहीं। दिन काटना जिनकी समस्या है। थोड़ा बहुत कमा-खाकर मगन और अपनी अक्षमता के कारण निस्पृहता का नाट्य करते हुए। जिनका ज्ञान भी उघड़ा है और अज्ञान भी। शरीर भी और अगर आत्मा है तो वह भी। जो भी काम पा गए हैं उसके प्रति सामान्य रूप से ईमानदार, लेकिन ईमानदारी से खिन्न। जिनके पास खोने-पाने को कुछ भी नहीं है। जो डाल से टूटे हुए पत्तों की तरह हैं—कभी इधर उधियाते, कभी उधर। इसीलिए भागना है और नकली हँसी के लिए कहीं न कहीं शाम का 'जुगाड़'। लेकिन गुरू इस रीति-नीति और सोच-विचार और आचार-व्यभिचार के पचड़े में नहीं पड़ते। एकदम धनंजय हैं गुरू। सीधे मछली की आँख पर नज़र रखते हैं। कभी चूकते नहीं और नकली हँसी हँसने वालों को लखते रहते हैं। जीवन की महत्ता का बखान करके हर जोगी को प्रतिदिन थोड़ा-थोड़ा अँधेरे में ढकेलते जाते हैं। सखाराम गहरे धँसे हैं और इसी का कुफल भोग रहे हैं।

'वाह रे हमारे गुरू!' हरीश कहता है।

'क्या उपार लोगे?' राम सागर नशे में थोड़ा ढीला हो गया है।

'करेगा क्या, गले में टूटा पगहा लटकाए 'बाँ-बाँ' करता हुआ सन्ध्या-बेला गुरू के चौबारे हाजिर।' सन्त प्रसाद हँसता है।

गुरू भी हँसते हैं। लेकिन उनकी हँसी बाहर नहीं आती।

'बिन गुरु ज्ञान न होय'। हरीश तीसरा पेग खत्म करते हुए धीमे-धीमे सुर लेता है।

सखाराम जी हरीश के गुनगुनाने पर झूमते हैं।

'शुक्रिया।' हरीश आदाब बजाता है।

'खाने का हिसाब क्या है?' सखाराम जी पूछते हैं।

सभी जानते हैं कि गुरू के भण्डारे में बैरागियों का भोजन नहीं पकता। दूसरी बात, सभी जानते हैं कि पीने के बाद सखाराम जी इस लायक नहीं रह जाते कि भोजन को मुँह तक ले जाएँ। फिर भी रंग जब चढ़ता होता है तो वे भोजन के बारे में पूछते जरूर हैं। लेकिन गुरू सचमुच छकते हैं। दारू के साथ बोटी—यह उनका प्रिय मुहावरा है।

'और बोटी के साथ गुरू?' सन्त प्रसाद को थोड़ी चढ़ गई है।

'भोजन, सिंह साहब और सेत्ताराम के जिम्मे है। 'गेट वे' से लाते होंगे। राम सागर बोलता है।'

'तो अभी सिंह साहब और सेत्ताराम बाकी हैं?' सखाराम जी चौंकते हैं। उन्हें दारू कम पड़ती नज़र आती है। वे उठते हैं। और राम सागर का झोला छीनकर फाटक के बाहर हो जाते हैं। झोले को सँभालकर स्कूटर की डिक्की में बन्द करते हैं, ताला लगाते हैं। फिर निश्चिन्त होकर लौटते हैं। उनकी इस हरकत पर एक सम्मिलित ठहाका।

तभी सिंह साहब और सेत्ताराम नमूदार होते हैं। कई पैकेट्स हैं। रोटियाँ और मुर्गा और कीमा और सलाद। गुरू उठते हैं और मुर्गे की एक पूरी टाँग हाथ में झुलाते हुए, लगभग नृत्य करते अन्दर जाते हैं और शैव्या को पकड़ा आते हैं।

'नहीं है, दारू नहीं है।' सखाराम जी बच्चों की तरह हाथ हिलाकर सेत्ताराम को चिढ़ाते हैं।

तब तक राम सागर अपनी कुर्सी के नीचे से एक और 'जर्जर भिक्षु' निकालकर दिखाता है।

'धेत्त मर्दे!' सखाराम जी अपना प्यारा धिक्कार उचारते हैं।

'बिन गुरु ज्ञान न होय' हरीश फिर गुनगुनाने लगता है।

'कौन-सा राग है?' मैं पूछता हूँ।

'राग जौनपुरी।'

'यह तो सुबह का राग है।'

'इसीलिए तो गुनगुना रहा हूँ।'

'क्यों बेटा, अभी से भोर हो गई क्या?' सन्त प्रसाद बोलता है।

'इस राग में एक अन्तर्कथा छिपी है।' हरीश मुस्कुराता है।

'अन्तर्कथा?'

'बता दूँ गुरू?' हरीश गुरू की ओर मुख़ातिब होता है।

'गन्दे, चरित्रहीन हो तुम!' गुरू ऐंठकर बोलते हैं।

सभी बैरागी उत्सुक होते हैं।

'नाली के कीड़े हो तुम!' गुरू चाहते हैं कि बात टल जाए।

'चुप रहिए गुरू...बताओ हरीश!' सन्त प्रसाद कहता है।

तुम लोग जानते हो, गुरू एक सामन्ती परिवार से आते हैं। घर में पहली सन्तान थे गुरू। तो उन दिनों गाँव में टट्टी नहीं होती थी। आज भी कहाँ है? सारा भारतवर्ष लोटा लिए सुबह-सबेरे बाहर निकल आता है। तब भी लोग दिशा-मैदान के लिए बाहर नदी-नारे, ऊँचे-खाले जाते थे। तो गुरू तो दुलरुआ थे। अब मान लो गर्मी के दिन हैं। गुरू को दोपहर में हाजत महसूस हुई और गुरू चिल्लाए। तो चार कहार गुरू के ऊपर चादर तानते थे और गुरू उसकी छाँह में चल रहे हैं। अब गुरू बैठे हैं और चारों कहार छत्र ताने हैं। गुरू अपने हाथ से आब-दस्त भी नहीं लेते थे। धिनाते थे। तो गुरू के पिताजी का आदेश था कि चारों कहार उन्हें बारी-बारी से सउँचाएँ। तो उन्हीं में एक कहार था—चलितरा।

वह एक दिन गुरू को ठीक से सउँचाने के लिए रहरी के खेते माँ ले गया। गुरू चिल्लाए बड़े जोर से।

'जौनपुरी नाटा (छोटा बैल) है—अभी छटक रहा है।' चलितरा ने कहा।

'सुधिया जाएगा धीरे-धीरे!' दूसरा कहार बोला।

'ये राग जौनपुरी है बचवा! जब तोहरे जड़िए में फुरफुरी होए लागै तब जानौ कि सधा। बिन गुरू ज्ञान न होय।' तीसरे कहार ने समझाया।

बड़े ज़ोर का ठहाका लगा। सखाराम जी उठे और भाँवरें लेते हुए गुनगुनाने लगे, **'बिन गुरु ज्ञान न होय।'**

'आप भी तो इनके छोटे भ्राता हैं। कभी आपके लिए भी...?' सेत्ताराम पूछता है।

'मैं तो लतमरुआ था।' सखाराम जी बोलते हैं और फाटक के बाहर निकल जाते हैं।

लेकिन 'राग जौनपुरी' सचमुच गुरू को सध गया। तब काम आया जब गुरू बिलल्ले हो गए। कमसिनई में ही एक दिन गुरू घर से भाग गए। वे फ़ैजाबाद के एक मठ में पहुँचे तो यही राग उनके काम आया। गुरू महन्त जी के लाड़ले हो गए। वो तो कहो, खून-खराबे की नौबत आ गई, नहीं तो गुरू आज गेरुआ पहने 'गद्दी' पर होते। लेकिन गुरू वहाँ से आधी रात को भाग खड़े हुए और इस नगर की शोभा बढ़ाने पहुँचे। गुरू के पिता जी को पता चल गया और उन्होंने खर्चा भेजना शुरू किया। अब गुरू ने पढ़ाई और राजनीति में मन लगाया। ज्ञान का कटोरा आगे बढ़ाते ही गुरू पर 'शौकीनों' की नज़र पड़ने लगी। ऐसा मनोहर बालखिल्य कहाँ से प्रकट हुआ रे! तभी प्रसाद जी से भेंट हुई। प्रसाद जी को पता लगाते देर नहीं लगी कि इस बालक को 'राग जौनपुरी' पहले से ही सधा हुआ है। सो 'सधाने' की भी ज़रूरत नहीं पड़ी। प्रसाद जी उन पुराने 'शौकीनों' में से थे, जो अपने शौक के लिए

जर-जोरू-जमीन सब कुछ स्वाहा कर देते हैं। जमीन के नाम पर प्रसाद जी के पास 'प्रेमांशु' था और जर-जोरू के नाम पर भउजी। प्रसाद जी ने गुरू पर सब 'अँइछ' दिया। गुरू अब 'सिद्ध' हो चुके थे। उन्होंने 'बड़ी लाइन' पकड़ ली और प्रसाद जी 'छोटी लाइन' पर अप-डाउन करते रहे। उन्हीं दिनों प्रसाद जी ने बचवा (गुरू) को राजनीति की वह शिक्षा दी जिसमें विचार और कर्म का मेल जरूरी नहीं होता। जिसके बल पर गुरू आज एक खूँखार सरदार बने बैठे हैं। भउजी के लिए तो गुरू तन-मन-धन--सब कुछ थे। वे प्रसाद जी से गुरू के लिए अच्छे-अच्छे कपड़े बनवाने का इसरार करतीं, प्रसाद जी बनवा देते। वे गुरू का जन्म-दिन मनातीं, प्रसाद जी उसे महोत्सव बना देते। अब गुरू एक लड़ैते की तरह शहर में छनक-मनक रहे थे। प्रसाद जी ने उनकी धूम मचवा दी और अपने मंच से नीचे उतर गए। उन्हें तो बस, 'छोटी लाइन' से मतलब था। और यह कि 'राग जौनपुरी' में गुरू की जड़ टुनटुनाती रहे और वे 'विवादी स्वर' न लगा दें। तभी भउजी अपने लहालोटपन में एक गलती कर बैठीं। उन्हें बचवा नहीं, बच्चे चाहिए थे। और अपने नहीं, गुरू के। वे ऐसी रीझीं, ऐसी रीझीं कि गुरू के गाँव गईं और कुन्ती जी को उतार लाईं। इस तरह कुन्ती जी का दोंगा हुआ। अब भउजी ने सास और सौत का एक रस-भरा नट-नाच शुरू किया। कुन्ती जी को इससे कोई मतलब नहीं था कि कहाँ, क्या हो रहा है। उन्हें तो अपने पति-परमेश्वर से मतलब था। वे उन संस्कारों से आईं थीं, जहाँ औरतें यह मानकर चलती हैं कि मर्द तो कुत्ता होता ही है। भड़िहाई तो उसका गुण-धर्म है। सो, कुन्ती जी के लिए इसका कोई अर्थ नहीं था कि गुरू कितनी हाँडियों में मुँह डालते हैं। उन्होंने गुरू को, सिर्फ़ गुरू को साधना शुरू किया। पहले उनको प्रसाद जी से अलग किया। घर में बड़ी टनटनाहट मची, लेकिन उससे कुछ नहीं बना। फिर उन्होंने भउजी को सौत की भूमिका से उखाड़ फेंका। अब गुरू जब देखो उनको छिनरी, मर्दमार जैसे विशेषणों से अलंकृत करने लगे। कभी आँगन में, कभी कमरे में। बीच वाली उँगली टेढ़ी करके, जरा झुककर, कमर नचाते हुए। भउजी चीखतीं, चिल्लातीं, प्रसाद जी से शिकायत करतीं।

'अरे, जाये द ऽ ऽ, बचवा नासमझ हैं।' प्रसाद जी को गुरू से अभी भी आशा थी।

'नासमझ हैं? हमरी छोटी बहिन से अशोक वृक्ष पर पाद-प्रहार करवा रहे थे।' भउजी ने झँउसकर कहा।

'अरे त, अशोक कैसे फूलेगा, अगर तुम्हारी बहिन पाद-प्रहार नहीं करेगी तो?' प्रसाद जी ने साली समझ बात को मज़ाक में बदल दिया।

'तत्पश्चात् कन्या विहार करती है, उससे कह रहे थे।' भउजी ने गुरू के लिए कहा।

'त बिहरे द न, तोहार का जात हौ।' प्रसाद जी ठेठ बनारसी लहजे में बोले।

'भँड़ुवा कहीं का!' भउजी ने ताना मारा थप्पड़ की तरह और झमककर कमरे में चली गईं।

'जै हो, जै हो।' गुरू, जो ये सारी बातें सुन रहे थे, ताली पीटकर, चकरघिन्नी खा-खाकर हँसने लगे। प्रसाद जी ने भी साथ दिया।

इसी तरह खेलते-खाते एक दिन प्रसाद जी बैकुंठ धाम जाते भए और गुरू वानप्रस्थ अवस्था की ओर।

2

सुबह-सुबह फ़ोन घनघनाया। बेटे ने उठाया तो कहा 'मेरी' के पापा का है।

मैंने फ़ोन लिया।

'लात खाने का इरादा है क्या?' उधर से गुरू।

'कोप का कारन गुरू?' मैंने पूछा।

'दुखहर्ना सरवा आ रहा है।' गुरू ने कहा

'दुखहर्ना?' मुझे याद करने में थोड़ी देरी लगी।

'अरे, वही साला घूसखोर! जो जेब में बिना 'दाना' पड़े 'चिड़िया' नहीं बैठाता।' गुरू बोले।

'दुखहरन सिंह?' मैंने कहा।

'हाँ। और अपनी बिटिया को लेकर आ रहा है। क्या नाम बता रहा था—कुमारी अनुसूया कुमारी। वैसे वह विवाहित है। पति वन-विभाग में दक्षिणी ज़ोन में है। चोरी-छिपे चन्दन का पेड़ बेंचता है। करोड़पति हो गया है। दुखहर्ना बम्-बम् कर रहा था फ़ोन पर। खुद चोर साला, चोरी पर रीझ रहा था। बता रहा था, हर महीने पेड़ बेंचकर कुमारी अनुसूया कुमारी बंगलौर जाती हैं और पचास हज़ार का

गहना खरीदती हैं। मैंने पूछा क्यों आ रहे हो, तो बोला कि मेरी बेटी 'लेक्चरर' बनना चाहती है। चारों 'फस्ट किलास'। पी. एच. डी.। पूरा शोध-ग्रन्थ रटे है। कहीं से भी पूछ लो। महीनों से रोज गंगा-असनान करके, एक पैर पर खड़ी होकर तप कर रही है—नौकरी पाने के लिए।' गुरू खुद हँसने लगे और इधर मैं।

'तो?' हँसी बन्द होने पर मैंने पूछा।

गुरू ने दो प्रोफ़ेसरों के नाम बताए जो 'एक्सपर्ट' होकर आ रहे थे।

'उनको गाड़ी से उतार लो और सीधे मेरे यहाँ ले आओ। रास्ता एक ही है कि कुमारी अनुसूया कुमारी को पहले से ही 'ट्रेन' कर दिया जाय। 'एक्सपर्ट' पूछे जाने वाले सवाल भी उसी क्रम में करें और कुमारी अनुसूया कुमारी को जवाब उसी क्रम में रटा दिए जाएँ। करना यह है कि 'एक्सपर्ट्स' भी साक्षात्कार में प्रश्न उसी क्रम में पूछें। दुखहर्ना कहता है कि अगर पूछने का क्रम गड़बड़ होगा तो सब गड़बड़ा जाएगा। क्योंकि कुमारी अनुसूया कुमारी तो रटन्त से तिल भर भी इधर-उधर नहीं खिसकेंगी। सन्त प्रसाद और सेत्ताराम से कह दिया है। दोनों वहीं डँटे होंगे। तुम भी पहुँचो और घेर लो 'एक्सपर्ट्स' को। और डँड़िया के दूसरे रास्ते से लाना। विरोधी दल की नज़र भी न पड़े। देखो, बुलबुली मत झारने लगना चार घंटे।' गुरू ने फ़ोन रख दिया।

अब दुखहरन सिंह का तबादला शायद बलिया की तरफ़ हो गया है। पहले यहीं फूलपुर में थे। तब हर दूसरे शनीचर की शाम उनकी जीप गुरू के दुआरे आकर खड़ी होती। काले बालों में कडू तेल चाँपे दुखहरन सिंह पहले नमूदार होते। पीछे से चपरासी। फिर गेहूँ-चावल की बोरिया गिरती। फिर लहसुन-प्याज की। अचार का मर्तबान। मँहमँह करता देशी घी का टिन। कभी कटा-छँटा मुर्गा, कभी गलफर में डोरिया बाँधे दो ठो रोहू। खलीफ़ा और चपरासी सब सामान अन्दर करते और गुरू बरामदे

में खड़े। दुखहरन सिंह से कोई रिश्ता नहीं है गुरू का। न जाने कौन-सा मंतर मारे हैं गुरू, कि ऐसा चींगड़ा आदमी जो रेती निचोड़ के पैसा बना ले, गुरू का घर भरता रहता है। दुखहरन सिंह बरामदे की सीढ़ियाँ चढ़ते हुए सलाम ठोंकते हैं तो गुरू बड़ी रुखाई से कहते हैं, 'जा-जा, भीतरे जा। हाथ-मुँह धोवऽऽ।'

लेकिन कमरे में जाकर गुरू सारे जोगियों को फ़ोन करते हैं, 'दुखहर्ना सरवा आया है। सुरुआ का इन्तजाम है। 'सन्ध्या' के लिए आ जाओ।'

'दूसरे का माल हो और छिपाने लायक न हो, जैसे कि मछरी-कलिया, तो गुरू तुरन्त 'सन्ध्या' के लिए तैयार हो जाते हो?' सेत्ताराम कहता है।

'कैन्टीन चले जाना।' गुरू उधर से बोलते हैं।

'और पइसा गुरू?' सेत्ताराम पूछता है।

'जो कह रहा हूँ करो, ज्यादा उड़ो मत। साले, सारे आर्मी वालों की बीवियों को रिसर्च कराते हो। घर में डिस्टिलरी खोले हो और बोलते हो, पइसा गुरू!' गुरू बोलते हैं।

'क्या माया-जाल फैलाया है गुरू आपने!' सेत्ताराम कहता है।

गुरू हँसते हुए फ़ोन रख देते हैं।

'तहसीलदार साहब की जै' के साथ 'सन्ध्या' शुरू होती है। दुखहर्ना इस 'कुकरम' में शामिल नहीं होता। चौके में पीढ़े पर बैठकर खाना खाता है। कुन्ती जी गरम-गरम फुल्के निकालती हैं। बीच-बीच में भउजी से दुखहर्ना कुछ गरम-गरम छेड़छाड़ करता है। फिर वह शैव्या को जलती हुई चिढ़ी निगाहों से देखता है।

'ऐसे क्यों देख रहे हो लड़की को?' कुन्ती जी पूछती हैं।

'और कइसे देखें?' दुखहर्ना शैव्या को उसी तरह घूर रहा है।

'क्यों?'

'यही कुर्थी के पानी है।' दुखहर्ना बोलता है।

शैव्या के नथुने फूल-पिचक रहे हैं। लेकिन वह डँटी है वहीं।

'मैंने कुछ कहा आपसे?' शैव्या तेज़ आवाज़ में बोलती है।

'कहने-सुनने को क्या है?'

'तब?'

'भरभंड करेगी ये।' दुखहर्ना दँतखोदनी निकालते हुए कुन्ती जी को सम्बोधित करता है।

'आप एकदम जंगली हैं। असभ्य।' शैव्या कमरे में चली जाती है।

'क्यों नहीं, क्यों नहींई!' दुखहर्ना थहा-थहा के बोलता है।

'क्यों ऐसा बोलते हो?' कुन्ती जी रोटी बेलते हुए पूछती हैं।

'आप सीधी नहीं हैं भाभी!'

दुखहर्ना दाँत खोदता हुआ बाहर आता है और एक कुर्सी पर बैठकर सारे जोगियों को भाँपने लगता है। 'संगत' में सन्नाटा। सारे जोगी-जती-बैरागी चुप।

'का हो तहसीलदार साहब?' सखाराम जी मौन तोड़ते हैं।

'चुप रह ऽ ऽ ऽ।' दुखहर्ना दाँत का जूठन गर्दन घुमाकर थूकते हुए बोलता है।'

हरीश 'फुः' करता है। इतनी ज़ोर से कि शराब फौव्वारे की तरह मुँह से निकलती है।

'कुछु कथ ऽ ऽ हो भइआ!' सखाराम जी फिर दुखहर्ना को छेड़ते हैं।

'का कथीईं? कुछु कथे लायक बाऽ?' दुखहर्ना कहता है।

सारे लोग हँसते हैं।

'जै हो, जै हो।' हरीश गिलास ऊपर उठाता है।

'अउर का? बड़का बुद्धिजीवी बनते हो सभ लोग। आ अब्बे जदि पूछें कि एक्को पाई घूस-पताई मिलेला, त मुँह भरुका अस बवा जाई।' दुखहर्ना कहता है।

महफ़िल सुरूर में है और मजा लेने के मूड में।

'अब ई जौन तोहरे गुरू हैं—ई का हैं? का हैं ई?'

'का हैं भइया?' सखाराम जी पूछते हैं।

'एक होता है बुरबक आ एक होता है लँड़बक। त इन्हीं से पूछअ कि इ का हैं।' दुखनहर्ना कहता है।

'आपे बता दें न।' राम सागर पूछता है।

'त ई हँउएँ लँड़बक।' दुखहर्ना बोलता है।

'हँअँ...हँअँ।' गुरू दाँत चियारते हुए मजा लेते हैं।

जोगड़ों में जोरदार ठहाका।

मैं जल्दी-जल्दी कपड़े पहनकर स्टेशन भागा। वही दुखहर्ना आ रहा है। कितनी गन्दी बातें गुरू के बारे में कहता था! और गुरू हैं कि कुमारी अनुसूया कुमारी को गद्दी पर बिठाने के लिए ऐसी रचना रचे हैं कि कोई चेयरमैन मजाल है कि जो गुरू चाहें वही न करे। हम लोगों ने 'एक्सपर्ट्स' को गाड़ी से उतारा और छोटे फाटक से सरकारी आँख बचाते हुए, उनका पैर छूते हुए एक गाड़ी में लगभग ढकेल दिया। रास्ते में गुरू की सारी रचना समझा दी। 'एक्सपर्ट्स' गुरू के प्रति पूरी तरह समर्पित। 'हाँ, हाँ, बिल्कुल ठीक–' उन्होंने कहा। 'प्रेमांशु' में उतारकर उन्हें गुरू के हवाले किया तो गुरू ने अपनी कथा-शैली से उन बातों का और विस्तार किया। दोनों विशेषज्ञ विस्मित। राज़ी न होने का सवाल ही नहीं था।

'ऐसी बात नहीं है,' गुरू ने कहा, 'आप लोग अपने सवाल क्रमवार लिख लीजिए और उसी क्रम से पूछिएगा। क्योंकि आप लोग क्रम उलट सकते हैं, हमारी प्रत्याशी टस से मस न होगी।'

कुमारी अनुसूया कुमारी की 'ट्रेनिंग' शुरू हुई। सुबह असनान-ध्यान करके, एक टाँग पर खड़ी होकर आँगन में आधा घंटा तप करने के बाद उसने अपनी टाँग नीची की थी। जो टाँग भूमि पर थी वहाँ एक कंकड़ी चुभ रही थी। लेकिन जब तप शुरू हो गया तो कंकड़ी क्या, तीर भी लग जाए तो तप भंग नहीं होने का। सो, कुमारी अनुसूया कुमारी

कुछ-कुछ लँगड़ाती हुई, अपना मोटा शोध-प्रबन्ध गोदी में दबाए बैठक में अवतरित हुईं। दुखहर्ना एक कोने में आकर कुर्सी पर जम गया कि कहीं गलती हो तो बेटी को फट से हुरपेट ले।

'लीजिए, पकड़िए।' कुमारी अनुसूया कुमारी ने शोध-ग्रन्थ एक विशेषज्ञ की ओर बढ़ाते हुए आदेश जैसा दिया। विशेषज्ञ भौंचक। उन्होंने संकोचवश ग्रन्थ थाम लिया और उलटने-पुलटने लगे।

'कहीं से भी पुछिए।' कुमारी अनुसूया कुमारी ने खुले हुए शोध-प्रबन्ध के पन्ने को झाँका और जैसे समाधि की मुद्रा में चली गईं और उच्च स्वर में उन्होंने कहा, 'पृष्ठ नं. 504, पैरा 3', और उसके बाद सरटि से बाँचना शुरू। कुमारी अनुसूया कुमारी की आँखें बन्द। और बाँचन-प्रवाह जारी। दुखहर्ना की बत्तीसी खिली हुई। और गुरू की आँखें कपार में चढ़ी हुईं।

'बस, बस, बस।' आखिर विशेषज्ञ ने हाथ उठाकर कहा तो कुमारी अनुसूया कुमारी की समाधि भंग हुई।

फिर क्रमवार प्रश्न तैयार हुए और उनके उत्तर रटाए जाने लगे। उत्तर एक बार बताया जाता। कुमारी अनुसूया कुमारी क्षण भर को आँखें मूँदतीं और आँखें खोलकर तुरन्त शब्दशः दुहरा देतीं।

'इन्टरव्यू में भूलोगी तो नहीं बेटी?'

'इस जनम में नहीं, इन्टरव्यू की क्या बात है।' कुमारी अनुसूया कुमारी ने कहा।

'अच्छा, बताओ तो साहित्य पर दिया जाने वाला सबसे बड़ा पुरस्कार कौन-सा है?' विशेषज्ञ ने पूछा।

'आऽ ऽ, फाल्के पुरस्कार।' कुमारी अनुसूया ने जवाब दिया।

'यह तो फ़िल्म का पुरस्कार है बेटी।'

'आहि ए दाओं, ई त गलती भ गइल।' कुमारी अनुसूया कुमारी ने जीभ फट् से दाँतों तले दबा लिया।

'धत् तेरी की।' दुखहर्ना कुर्सी से उछला।

सभी लोग हँस पड़े।

कुछ दिनों बाद दुखहरन सिंह का फ़ोन आया।

'अब ईहे होई?' उन्होंने उधर से कहा।

'क्या हुआ?' मैंने पूछा।

'ई तोहार गुरू आदमी है कि झँटखफा?' दुखहरन सिंह ने अपने शब्द-गर्भ का मुँह खोला।

'ये तो आप ज्यादा जानते हैं।'

गुरू ने कुमारी अनुसूया कुमारी के पति को बंगलौर फ़ोन किया था।

'तुम्हारी पत्नी का हो गया।' उन्होंने कहा।

'वो तो सब आपकी दुआ है।' फ़ॉरेस्ट-आफ़ीसर पति ने उधर से विनम्रता बरती।

'एक टाँग पर खड़े होकर तप करने से नहीं हुआ।' गुरू इधर से अत्यन्त रूखी आवाज़ में बोले।

'जीईई?' फ़ॉरेस्ट-आफ़ीसर चौंधिया गया।

'महीने में चन्दन के कितने पेड़ बेंच लेते हो?' गुरू बोले।

'जीईई?'

'ज्यादा चौंको मत। सब जानता हूँ।'

'पति जी फ़ोन पर चुप।'

'पचास हजार का ड्राफ़्ट तुरन्त भेजो। तुम्हारी बीवी की नौ महीने की तनख़ाह होती है और तुम्हारी केवल पन्द्रह दिन की। हो सकता है तुम्हारे भ्रष्टाचार को मैं कम आँक रहा होऊँ...।'

'जी।'

'तो कल ही 'कुरियर' से। यह पहला काम होगा। और दुखहर्ना से कहने की जरूरत नहीं। कहोगे तो ग़लती करोगे।' गुरू ने फ़ोन रख दिया।

'अरे दादा हो दादा! एही खातिर ससुर के रोहू मछरी आ गाई के घीव आ फरहर चाउर खियावत रहलीं! आ रूपिया-पइसा के त कौनो हिसाबे नेइखे। आरे दादा हो दादा! एगो-दूगो घर त डइनिओ छोड़ि देले। बाकी ई जमामार! आ तूँ ससुर ओही के पच्छ लेता है!' दुखहरन सिंह ने फ़ोन पटक दिया।

3

उन्हीं दिनों की बात है। 'प्रेमांशु' के बगल वाले शर्मा जी की औरत से मैं फँस गया। वह बहुत दिनों से कम्पा लगाए बैठी थी। और मैं बच रहा था। बच क्या रहा था, गुरू का डर था। बगल में 'मठ' है। सारे जोगी-जती-बैरागी रोज़ यहीं 'सन्ध्या' करते हैं। स्कूटर, साइकिलें, कारें, जीपें--शाम होते ही यहाँ मजमा जुटने लगता है। जब भी शाम को मेरा 'ट्रक' (स्कूटर) वहाँ खड़ा होता, शर्मा जी की औरत अपने बरामदे में नमूदार होती। चाहें-न-चाहें, नज़र उठ ही जाती थी। फिर मुस्कियाना चालू हुआ। फिर नमस्कार। जोगियों ने मेरी नज़र पकड़ते हुए मुझे आगाह भी किया--'दलदल है बेटा! एक बार धँसे तो फिर नीचे ही नीचे। पता भी नहीं चलेगा। सदा के लिए गुड्डुम्। कुनमुनाते-बिखलते पड़े रहोगे और इधर सारे शहर में दोस्त-यार, जोगी-जती-बैरागी, तुम्हारी पत्नी-बच्चे तुम्हें खोजते फिरेंगे। इसलिए नज़रें मिलाना बन्द।' लेकिन कहाँ बन्द! कहते हैं कि मैं एक चरित्रवान और सरल-गृहस्थ आदमी था। मैंने प्रेम-विवाह किया था। बीबी मुझे मौत के मुँह से निकालकर लाई थी। मुझे खाना-दाना देती थी। उसी के बल पर मैं 'होल-टाइमर' था। मेरे दो सुन्दर-सुन्दर बच्चे थे। इतने सुन्दर कि मैं रोज़ उन्हें दोस्तों

और दुनिया को दिखा-दिखा के गरब से छलक-छलक उठता था। ऊपर से गुरू ने मुझे 'ग्रूम' कर रखा था। सिद्धान्तकार और विचारक के रूप में संगठन में मेरी छवि थी। मेरे चारों ओर मेरे प्रिय शिष्यों का जबर्दस्त जमघट था। नैतिक और चरित्रवान होने का ऐसा दृढ़ संकल्प था, पुरनियों की ऐसी लोक-लाज थी, आँखों में ऐसा संकोच था कि मामला काफ़ी दिनों तक टलता रहा। तब फिर ऐसा क्यों हुआ? शायद ऊब। शायद अपनी पत्नी की अति-सुलभता। शायद बासीपन। शायद, स्त्री-शरीर की अनजान, रहस्यमयी नवीनता की ललक। शायद फिर से, फिर से प्रेम। पता नहीं क्यों हुआ? लेकिन सभी जालों को छिन्न-भिन्न करके मेरी वासना एक दिन फाट पड़ी और मैं 'मठ' के बगल वाले घर में घुस लिया। मेरा सारा जोग-बैराग, जोगियों का संग-साथ, चरित्र का संचित धन, पत्नी और बच्चों की पावन स्मृति, लोक-लाज—सब बिहा गई। मैं दुनिया को भूल बैठा। सड़क पर निकलता तो किसी को पहचानता तक नहीं। बेहया की तरह खीं-खीं करता या चुपचाप नज़रें झुकाए निकल जाता। रात और दिन और मौसम और समय, कब-किधर निकले जा रहे हैं, इसका कुछ पता नहीं चल रहा था मुझे। मेरी पत्नी इस अचानक ठोकर से पाला-मारी गाय की तरह हो गई। वह चुपचाप अपना काम करती और सूने बिस्तर में सुबकती रहती। बच्चे पूछते कि 'मम्मी, तुम्हें क्या हुआ', तो वह झट अपने आँसू पोंछने लगती। 'मठ' में मेरे इस कुकर्म से सकता और सन्नाटा छाया हुआ था। सारे बैरागियों के घर में मैं 'निखिद्ध' हो गया। गुरू सुबह-सुबह 'मिशन' पर निकल जाते और सबको चेता आते। नतीजा? जिन घरों में मैं एक सामान्य नागरिक था, सुख-दुख का साथी था, उन्हीं घरों में औरतें मुझे महाव्यभिचारी की तरह देखतीं। वे बैठक में जलपान लेकर नहीं आतीं, लड़कों से भिजवा देतीं। लड़के भी जलपान रखकर तुरन्त कमरे से बाहर। लेकिन मेरी बेहयाई तो चरम पर थी। 'मठ' के बगल वाले फाटक के अन्दर होते ही लगता, मैं इन्द्रपुरी के भीतर जा रहा हूँ। उसका लड़ैता होते ही मैं सारे घर का लाड़ला हो गया। उसकी बहनों-भाइयों का। यहाँ तक की शर्मा जी का भी। उसका भाई तो मेरे

लिए 'तखलिया' करता। नौकरानी पर्दा करती और बाहर पहरा देती। शर्मा जी दिनों, हफ़्तों, महीनों बाहर रहते। तब रात और दिन का भेद मिट जाता।

'जोगिया रे! तेरा जोग-बैराग–सब हर लिया न!' एक दिन मस्त होने के बाद उसने कहा।

'श्रीहत, तेजहत, भ्रष्ट...अपने बैकुंठ से फिसलकर नीचे गिरा हुआ।' मैंने मुस्कुराते हुए कहा।

'अब उन हरामियों की पंगत में नहीं बैठोगे?' वह बोली।

'ऐसा क्यों कहती हो?–सब जोगी हैं।' मैंने प्रतिवाद किया।

'वो हरामी...और जोगी?' उसने मुँह बनाया।

'ऐसा क्यों बोल रही हो?'

'तुम क्या जानो! जब मैं नई-नई आई थी, पट्ट दुपहरिया में आँगन की दीवार फाँदे था।'

मैं हतप्रभ, उसे देखता रहा। गुरू के बारे में ऐसा सुनना अतल में गिरने जैसा था। मज़ाक की बात और है।

'मेरा मुँह न खुले–बस।' उसने कहा।

उधर गुरू मेरी मुक्ति के लिए अत्यन्त बेचैन।

'इसे नर्क से निकालना होगा।' गुरू ने अपने तखत पर पान लगाते हुए कुन्ती जी से कहा।

'कितने भोले दिखते थे!' कुन्ती जी बोलीं।

'सारा काम ठप् पड़ा है।' गुरू भुनभुनाए।

'आप क्या कर लेंगे, जाने दीजिए।'

'मैं?' गुरू ने नाक फुलाई, 'मैं नकदम कर दूँगा–नकदम।'

'कर चुके आप।' कुन्ती जी ने फ़ब्ती कसी।

गुरू ने अपना 'नकदम कार्यक्रम' शुरू किया। अपने घर के पिछवारे रहने वाले बड़ेलाल निषाद को उन्होंने बुलाया।

'देख रहे हो, कैसा 'कोठा' खुला है!' गुरू आगे बड़ेलाल से कुछ सुनना चाहते थे।

'कोठा त बड़का लोगन के हियाँ सजते है बाबू!' बड़ेलाल ने दाँव उलट दिया।

गुरू भक्क को गए, लेकिन उन्हें तो नकदम करना था। सो, उन्होंने बड़ेलाल की बात सुनी-अनसुनी कर दी। अन्ततः उन्होंने बड़ेलाल को पटा लिया और उसकी लिखावट में दो चिट्ठियाँ बोलकर लिखवाईं। एक मेरी पत्नी के नाम, एक शर्मा जी के नाम। पत्नी तो जस थी तस बनी रही। वह 'ऐक्शन' में नहीं आई। लेकिन शर्मा जी को कार्यालय की टेबिल पर जब वह चिट्ठी मिली तो वे उसी वक्त, भरी दुपहरी में स्कूटर घरघराते घर लौटे। भाई भागकर परछत्ती में छिप गया। नौकरानी ने पर्दा हटाकर सूचना दी। मैं हाँफता हुआ उठकर बगल के सोफ़े में धँस गया और साँस को बराबर करने की कोशिश करने लगा।

'बातें मत करना। एकदम चुप। मैं बोलती हूँ।' उसने कहा और गूढ़ बहस छेड़ दी।

शर्मा जी कमरे में आए। चुपचाप इधर-उधर देखते रहे, जैसे कुछ ढूँढ़ रहे हों।

'भाई, जो मन हो करिए आप लोग—लेकिन जरा समाज को देख के।' उन्होंने मेज पर वह पत्र रखा और नीची नज़रें किए चले गए।

बाहर स्कूटर स्टार्ट होने की आवाज़ आई।

उसने पहले वह चिट्ठी उठाके पढ़ी और फिर मेरी ओर बढ़ा दिया।

'अब क्या होगा?' मैं काँपने लगा।

'क्यों, होना क्या है?' उसने कहा।

'शर्मा जी?'

'कुछ नहीं होगा मेरे जोगिया! लेकिन इस पातकी को तो मैं देख लूँगी।' उसने 'मठ' की ओर इशारा करते हुए कहा। 'उसी की करतूत है यह।'

'गुरू की?' मेरी आँखें फटी की फटी रह गईं।

'हमरी बहिन हत्थे चढ़ि गयी त समझत है, हमहूँ चढ़ि जाब! अरे, हम त मिरगी अस चढ़ब, देखत रह्यो। ब्लैकमेल करे चला है दहिजरा के नाति! अरे कीरा परे मेहरा के।' वह छनछनाती हई कमरे में घूम रही थी। जब भी प्यार उमड़ता या गाली देनी होती, वह शुद्ध अवधी पर उतर आती।

लेकिन मैं तो धक्क! भगवान, मैं किधर निकल आया! यह किन लोगों की बस्ती है! जहाँ हर औरत एक राज़ है। जहाँ हमारे गुरू ऐसे हैं! मुझे 'मठ' के चारों गिर्द कौवे और गिद्ध और जम्बूक नाचते नज़र आए। मेरा माथा घूम रहा था। मैं गिरा इस नरक में—इतना तो ठीक, लेकिन हमारे 'मठ' का सबसे बड़ा जोगड़ा! हम चाहे तो मज़ाक उड़ाएँ, हमारी इच्छा। लेकिन अगर सचमुच ऐसा हो तब? मैंने देखा, सारी वनस्पतियाँ एक साथ पत्ते झार रही हैं—निरपंत, सूखी ऐंठी हुई एक अजब-सी दुनिया में थका-हारा मैं चला जा रहा हूँ। चारों ओर सन्नाटा है। कहीं, कोई आवाज़ नहीं। इस पृथ्वी से झींगुर भी मर चुके हैं। अँधेरे-उजाले से परे यह कौन-सा लोक है? और मैं कौन हूँ, जो हूँ अथवा नहीं?

और मैं सोफ़े में औंधे मुँह लुढ़क गया।

लेकिन होश आने के बाद उसने मुझे ऐसा दुलार किया, ऐसा दुलार किया कि जसोदा माता क्या करेंगी? जब मैं बाहर आया तो मेरा वह आध्यात्मिक भावावेश फुर्र हो चुका था। मैं नरक में चमचमाता हुआ चल रहा था, मैंने सोचा, मैंने सपना देखा था। सपने में शर्मा जी आए थे और 'समाज' की चेतावनी देकर चले गए। सपने में ही गुरू के हत्थे उसकी बहन चढ़ गई थी और आधा कलपती, आधा शर्माती वापस लौटी थी। मैंने रोवाँ झार दिया और चाक-चौबन्द, नगर के मुख्य बाज़ार की ओर निकल आया, जहाँ सिर्फ़ जगमग-जगमग थी।

इस घटना की जानकारी के बाद भी मैं गुरू से फिरंट नहीं हुआ। हो सकता है, उसका अन्दाज़ा ग़लत हो और चिट्ठी किसी और की रचना

हो। और वह झूठ-मूठ खुन्नस निकाल रही हो। लेकिन जल्दी ही मैंने देखा कि 'मठ' की ओर आने वाले उपहास अचानक बढ़ गए। मैं अपना 'ट्रक' खड़ा करके ज्योंही लॉन में पर्दापण करता, सारे जोगी सन्नाटा खींच मन्द-मन्द मुस्काते हुए मुझे देखने लगते। मैं सिर नीचा किए हुए बरामदे में चढ़ता। मुझे लगता, गुरू की नाक की टोंटी एकदम सुर्ख़, और उनकी खसखसी हँसी चालू है। मुझे लगता कि हरीश अपना मुँह दबाए है और सन्त प्रसाद बार-बार इधर-उधर देख रहा है और अभी पुक्का फाड़ेगा। मुझे लगता राम सागर का सिर शर्म से झुका है। मेरे गाँव में उसकी ससुराल थी और नाते से मैं उसका साला। सेत्ताराम 'ऐ गुरू, ए गुरू' करके कोई अश्लील कथा शुरू करने वाला है और सिंह साहब अपनी चाँद पर हाथ फेरते हुए सोच में हैं। सखाराम जी चेतावनी के स्वर में कह रहे हैं, 'भाई साहब, मैं कह नहीं रहा था!'

ज्योंही मैं अन्दर दाख़िल होता, 'प्रेमांशु' के लॉन पर एक सम्मिलित ठहाका गूँजता।

''कोठे' पर चढ़ा है।' गुरू की ज़ोर की आवाज़ आती।

'कुएँ से बाहर आओ मछन्दरनाथ!' हरीश चिल्लाता।

'कि गोरखनाथ को भेजें? जाओ सन्त प्रसाद!' सेत्ताराम अपना सुर उठाता।

'चुप सारे!' सिंह साहब सेत्ताराम को डाँटते हैं।

'एड्स हो जाएगा साले को—एड्स।' हरीश ज़ोर से चिल्लाता है। जैसे वह चिल्ला नहीं रहा हो, कहीं निचाट में हुँकड़-हुँकड़ रो रहा हो।

'ए गुरू, इसी एड्स पर एक ठो किस्सा सुन लें।' सेत्ताराम कहता है।

'हाँ-हाँ, सुनाओ।' गुरू तो सदा तत्पर।

'चुप सारे रँड़वे' सिंह साहब फिर डाँटते हैं।

'मखा जिन, तनी सान्त होइजा। हरमेसा मरखहा साँड़ बना रहत हो।' सेत्ताराम सिंह साहब के कन्धे पर हाथ रखता है।

'त गुरू हो, एक दिन एक जने गयें मीरगंज। त दलाल के बुलायेंन अउर ओकरे काने में कहिन कि हमें एक ठो खास सउदा के दरकार बा। दलाल कहिस कि बोलैं तो। त उ कहिन कि हमें एड्स वाला माल चाही।

एड्स वाला! दल्ले ने सोचा कि ई सार सनकि गवा। त उ कहिन कि हाँ, एड्स वाला। काहें पंडीजी, एड्स वाला काहें? सब केहू त घुसे के पहिले हियाँ नो एड्स साटिकफिटिक के फरमाइश करत है। त उ बोलिन कि हम जौन माँगत अही, तौन हाजिर करअ, पइसा जौन लागी तौन हम देब। हजार, दुइ हजार, पाँच हजार। त दल्ला कहेस कि पंडी जी, माल त मिलि जाए, बाकी आपके बतावे के परी कि आप काहें अपने बिनास पर डँटा अहैं? पंडी जी बोलेन कि माल पहिले हाजिर करौ तो ई राज खुलै। त दल्ला माल हाजिर कइ दीस अउर पंडी जी से कहिस कि हाँ महराज, अब सास्तर भाखैं। त पंडी जी बोलेन कि देखअ भाय, जब हम इ काम करब त हमें एड्स होइ जाई। हमका होइ जाई त हमरे भइया के होइ जाई। भइया के होइ जाई तो बबुओ के होइ जाई। अउर जब बाबू के होइ जाई त ऊ बगल वाले शर्मा जी ससुर बचिके कहाँ जइहें? त दल्ला भाय, हमें ओही बगल वाले शर्मा जी से बदला लेबे के हौ।'

एक शामिल ठहाका।

'ई लोगन तो पगलाइ गए भाई! दुसरे की औरत को औरत नहीं समझते।' भउजी अन्दर आँगन में भुनभुनाती हैं।

भुनभुनाहट केवल गुरू ने भाँप ली। हरीश कहता है कि गुरू के कान साँप के और आँखी गिद्ध की। 'दाना' कहीं भी पड़ा हो, गुरू सरग-अकास से लख लेते हैं। तो गुरू उठकर भीतर जाते हैं। जोगियों के चौबारे सन्नाटा खिंच जाता है कि गुरू साइत भितरे कोई कांड रच दें। गुरू को एक और गिलास चाहिए। वे आँगन में झाँकते हैं तो भउजी उन्हें घूरती हैं।

'का हो कुट्टनीमतम्, काहें अकुलानि हो?' गुरू बीच वाली उँगली टेढ़ी करके नचाते हैं और कमर को दोले की तरह डोलाते हुए गिलास लेकर बाहर आ जाते हैं।

भउजी की भुनभुन चालू है।

'लेकिन गुरू, एकर भाष्य रहि गवा।' सेत्ताराम बोलता है।

'भाष्य?' गुरू चौंकते हैं।

'अरे ओही कथा के...बगल वाले शर्मा जी के।'

'भाष्य तो अत्यन्त सरल है।' गुरू घूँट भरते हैं।

'तो किरपा करें गुरुदेव! भाष्य होइ जाय।'

'अरे भाई, जब उस रंडीबाज को एड्स होगा तो उसकी बीवी को होगा कि नहीं? और बीवी को होगा तो उसके बड़े भाई को होगा। अब आप लोग बिचार लीजिए क्यों? और जब बड़े भाई को होगा तो उसकी भी बीवी को होगा। होगा कि नहीं तब फिर बाबू को हो जाएगा। अब आप लोग विद्वान हैं, बिचार लीजिए क्यों? और जब बाबू को होगा तो बगल वाले शर्मा जी कैसे बचेंगे! अब आप लोग बिचार कर देखिए, क्यों?' गुरू का गिलास हँसी के मारे हाथ से छूट जाता है।

'छोटी लाइन, छोटी लाइन।' राम सागर चिल्लाता है।

'गुरू की लाइन, गुरू की लाइन।' हरीश फूः-फूः करता है।

लेकिन गुरू के लिए कोई फरक नहीं।

सभी लोग बाहर निकलते हैं।

लॉन के सिरहाने वह खिड़की है जहाँ हम लेटे हैं। बाहर सड़क पर सोडियम लाइट का उजाला है। वहाँ से नाला और नाले के पार खँडहर मकान का उजाड़ रौशन है। खिड़की की झिरी से सभी लोग दिखते हैं। कोई अपने स्कूटर का हैंडिल पकड़े खड़ा है, कोई जीप के पास। हरीश अपनी खुरखुरिया मोपेड के पास। राम सागर-सेत्ताराम एक साथ। सिंह साहब अकेले। गुरू भी बाहर निकल आए हैं। सखाराम जी भी।

'का हो सखाराम!' गुरू अपने लक्ष्मण को आवाज़ लगाते हैं।

'हँअँ भाई साहब!'

'इ 'ट्रक' (मेरा स्कूटर) तो हियाँ उगि आवा है।'

'कल्ला फोड़ रहा है गुरू!' सेत्ताराम कहता है।

'अरे, जाने दीजिए।' सखाराम जी बोलते हैं।

'जाए द ऽ। जरे-बुताए द ऽ। भसम होए द ऽ।' कमरे के अन्दर वह मुझे थपकियाँ देती हैं।

सभी लोग अपनी-अपनी गाड़ियाँ स्टार्ट करते हैं और चल देते हैं।

'तोहें जौन जहर-माहुर खाए-पिए के होए तौन हिअँईं खा-पिअ ऽ। हिअँईं मरि जा...नंघन के संगति में जिन जा।' उसने दुलारते हुए कहा।

अब मैं एक नागर बैल की तरह हूँ जिसकी सींग-पूँछ को रँग कर सजाया गया है। उसमें फुँदने बँधे हैं। गले में घंटी-घूँघुर। वह जहाँ चाहती है मुझे सजाकर ले जाती है। आगे-आगे वह और पीछे-पीछे टुनुन-टुनुन करता हुआ मैं। शहर भर की हरजाई औरतों में शोहरत हो गई है। उनकी आँखें फटी रह जाती हैं।—वह! सूखी आँखों वाला, जिसमें कहीं से रस नहीं झाँकता था—वह, इतना ग़जब का रोमैण्टिक निकला! मजमें में झुण्ड बाँधे वे कन्खियों से इशारा करती हैं और मेरा जायज़ा लेती हैं। कुछ-न-कुछ तो होगा ही जिस पर शहर की पटरानी पटरा हो गई है। एकदम भेड़ा बना लिए है। कामरूप-कमच्छा से मंतर सीख के आई होगी।

'तो तू भी सीख ले न।' और एक रौशन खिलखिल।

'और इसकी बीवी बेचारी!'

'छोड़ो जी, बीवियों की बात करना मना है।'

'बीवियाँ तो हर जगह होती ही हैं।'

'लेकिन मिसेज़ शर्मा के पास जो माल है इस वक्त!'

'तू कैसे चूक गई?'

जिससे कहा जाता है वह एक प्रोफ़ेसर की बीवी है। परकटी, भरपूर काजल आँजे, सीधा पल्ला किए—एकदम सती-सावित्री बनी। रोशनी में चेहरे का लेप दम-दम दमकता है। वह आती है और उसे प्रणाम करती है। फिर वह कानों में खुसफुस करती है। इतना बड़ा आदमी फाँस कैसे लिया? और कोई वक्त होता तो वह ऐंठने-इतराने

लगती। लेकिन इसमें खतरा है—वह सोचती है। वह अपनी गम्भीरता भंग नहीं करती। प्रोफ़ेसर की बीवी मुझसे मुख़तिब होती है। अत्यन्त लोलुप-लुभावनी निगाहों से ताड़ती हुई। कुछ अंट-शंट वाग्जाल-भरे संवाद चलते हैं। तभी वह अपने नट-नागर को आदेश देती है—'चलो।'

घर लौटकर वह धड़ाम से दरवाजा बन्द करती है और मुझे ढकेल कर पलंग पर पसरा देती है।

'उस धगड़िन से फिर कभी बोल्यौ त तोहका काटिन डाउब।'

वह लगातार मेरा वक्षस्थल कूटती है और अन्त में निढाल होकर गिर जाती है। उसके मुँह से एक लस्त-पस्त प्यार-भरी गाली स्फुरित होती है—'हरमिंयऊँ!'

शहर की अनेक बाल-ब्रह्मचारिणियों के भी कान खड़े हुए। उनमें से कई मेरी परिचिताएँ थीं। उन्होंने भी साड़ी कमर में खोंसा और मोर्चा बाँधा। उनकी एक संस्था थी—'स्त्री महिमा'। पता लगा, गुरू ने उसकी एक सदस्या को बुलाकर पूरी तरह 'ब्रीफ़' कर दिया है। उसकी एक आपात् बैठक हुई और उसमें मेरे कुकर्मों का जमकर 'महिमा-गायन' हुआ। उसके बाद जलपान भी। मेरे एक मित्र हैं—बौनिया सेन। वे बस बौने होते-होते रह गए। वे अपने को आचार्य नरेन्द्र देव का अवतार समझते हैं। हर बात में उनकी टेक होती है, 'मैंने आचार्य जी से कहा, मैंने लोहिया जी से कहा, मैंने जयप्रकाश जी से कहा।' इस 'कहने' की रोटी श्रीमान बौनिया सेन बहुत दिनों से खा रहे हैं। तो उन्हीं की बेटी हैं—मिस देबिका सेन। अपने मुहाँसों के झँझोर में ऐसी फँसी, ऐसी फँसी की बी. ए., एम. ए., सब थर्ड क्लास। शादी सम्भव नहीं। छोटे-छोटे स्तनों को पुष्ट और सुडौल करने के लिए बाकायदा उसने मुम्बई से न जाने कौन-सी मशीन मँगाई और कसरत और योगा शुरू। ध्यान-मनन, अध्यास—इसी में उमर निकलती चली गई। 'स्त्री महिमा' ने उसी को मेरी भर्त्सना और मुझे राह पर लाने का काम सौंपा। वह मेरे घर आती-

जाती थी और भाभी (मेरी पत्नी) से उसकी अच्छी-खासी पटान थी। तो वह आई और आते ही मुझे कटघरे में खड़ा कर दिया। वह मेरे चरित्र को ले बैठी।

'भाई साहब, आपको लोग व्याभिचारी कहते हैं। 'स्त्री महिमा' की औरतें इतनी तारीफ़, इतनी तारीफ़ और फिर थू-थू। भाई साहब, आप ऐसे क्यों हो गए? प्लीज़, मान जाइए ना! जिद् मत करिए। मैं जब तक जिन्दी हूँ, आपके पैर पूजूँगी।' उसने कहा।

'देबिका, तुम्हारे भाई साहब ऐसे नहीं हैं। सब गप्प है--झूठ। अफ़वाह। लोग जलते हैं, इसीलिए उड़ाते हैं।' मेरी पत्नी को ताव आ गया।

'हाय रे भाभी, आप कित्ती भोली हैं!' देबिका ने कहा।

'मैं चाहे जो होऊँ देबिका, मेरे पति को कुछ मत कहो।' मेरी पत्नी बोली।

'क्यों न बोलूँ भाभी! मैं जब तक जिन्दी हूँ, बोलूँगी।'

मेरी पत्नी चुप।

'हाय रे, मेरे पास कित्ते प्रमाण हैं!' देबिका ने फिर कहा।

'प्रमाण?' मैं चौंका।

'हाँ ऽ।' देबिका ने गुरू का नाम लिया, 'बाबा के पास आए थे। क्या-क्या बता रहे थे! माँ तो हैरान! मैं तो रोने लगी।'

मैंने सोचा, इसके पहले कि बतंगड़ बने, यहाँ से फूट लो। मैंने 'ट्रक' उठाया और चलता बना।

'देबिका को छोड़ना है।' पीछे से पत्नी ने आवाज़ दी।

दो घंटे बाद मैं लौटा और देबिका को छोड़ने चला। चाँदनी रात थी। देबिका ने प्रस्ताव किया, क्यों न थोड़ी देर हाथी पार्क में बैठें। मैंने 'ट्रक' खड़ा किया, टिकट लिया और अन्दर दाख़िल। हम लोग पुल से चलकर छोटी-सी झील के बीच में आ गए। वहाँ एकान्त भी था। मैंने सोचा,

देबिका फिर मेरी ले-दे करके बोर करने पर उतारू है। लेकिन ऐसा कुछ नहीं हुआ। देबिका अपने प्रथम प्रेम की कथा सुना रही थी और सुनाते-सुनाते थोड़ी देर में रोने लगी।

'अब वो चला गया तो मेरा कर्त्तव्य बनता है न भाई साहब, कि जब तक जिन्दी हूँ, निबाहूँ।' उसने कहा।

मैं क्या बोलता!

'शेई जन्ने आमि बिये[1] कोरलाम ना।' देबिका बोली।

फिर उसने दो अधेड़ लोलुपों की कथा सुनाई। एक ने अकेला पाकर उसे बैठक में धर लिया। दूसरे ने कॉफ़ी बनाने के लिए कहा और जब वह किचेन में गई तो पीछे-पीछे जाकर वहाँ पकड़ लिया। एक दूर के रिश्ते में चाचा थे और दूसरे बौनिया सेन के परम मित्र नेता जी। देबिका ने कहा कि लेकिन दोनों ही बार वह अपना 'सतीत्व' बचाने में सफल हुई।

'हाय रे, अधेड़ लोग कित्ते गन्दे होते हैं भाई साहब!' उसने अन्त में कहा।

'चलते हैं।' मैंने कहा।

'आप वैसे नहीं हैं भाई साहब!' देबिका बोली।

'बुझिते पारलाम ना।' मैंने कहा।

'आमी बोलबो।' देबिका ने कहा।

'किससे बोलोगी?' मेरी समझ में नहीं आया।

'स्त्री महिमा' की सदस्याओं से और माँ-बाबा से। आमी निश्चयी बोलबो।'

'की बोलबे?' मैंने पूछा।

'कि मैंने पोरीक्खा ली। आप उसमें खरे उतरे। मैं पार्क में ले गई। रात थी। एकान्त था। कोई डर नहीं था। किन्तु आपूनी किच्छू कोरलेन ना। मैं जब तक जिन्दी हूँ, बोलूँगी।'

मैंने माथा ठोंक लिया।

---

1. बिये = विवाह

कुछ दिनों बाद एक दिन बौनिया सेन का हुलसकर फ़ोन आया।

'देबिका का हो गया।' उन्होंने कहा।

'कहाँ?' मैंने पूछा।

'यूनिवर्सिटी में।'

'कैसे?' मैं सोच भी नहीं सकता था।

'कैसे क्या? तुम छोटी-छोटी राजनीति करते हो, मैं बड़ी राजनीति करता हूँ।' बौनिया सेन ने कहा।

'मैं तो डॉ. साहब, छोटी-छोटी राजनीति करता ही हूँ। 'स्कूलिंग' करता हूँ, दरी बिछाता हूँ, संगठन चलाता हूँ, आप निश्चय ही बड़ी-बड़ी राजनीति करते हैं—सिद्धान्तवादी बनते हैं, आचार्य जी, लोहिया जी, जयप्रकाश बाबू का हवाला देते-देते आपकी जीभ खिया गई। और अपनी थर्ड क्लास लड़की को सारे नियम-कानून ताक पर रखकर यूनिवर्सिटी में रखवा देते हैं—बड़ी राजनीति तो है ही यह।' मैं बिफर पड़ा।

बौनिया सेन इस हमले से सटक गए। कुछ गुलबुल-गुलबुल बोलने को हुए तब तक देबिका ने फ़ोन ले लिया।

'आमी बोलछी, देबिका।' उधर से आवाज़ आई।

'सब जानता हूँ मैं! उस दिन किचेन में तो तुम्हारे 'सतीत्व' की रक्षा हो गई। बड़ा गरब था तुम्हें। अब उसी नेता जी के साथ तीन बार लखनऊ गईं और होटल में एक ही कमरे में रुकीं, तब अधेड़ लोग गन्दे नहीं रहे?—आमी बोलछी, देबिका...!' मैं चीख़ रहा था।

'करना पड़ता है भाई साहब! क्या करूँ!' देबिका ने कहा और फ़ोन रख दिया।

बहुत सारे लोगों की तरह बौनिया सेन भी अपने समय के बाहर के समय में रहते हैं। उसी की कमाई खाते हैं और अपने को महान समझते हैं। 'चरित्रवान' होना बौनिया सेन की मजबूरी है, लेकिन सिर्फ़ स्त्रीलिंग के

अर्थ में। कोई चार-फुटा आदमी और कैसे अपने को महिमा-मंडित करेगा। इसीलिए वे चरित्र और नीति और सत्य और मूल्य और सिद्धान्त-सिद्धान्त की रट लगाए रहते हैं। बड़े नेताओं को ऐसे उद्धृत करते हैं जैसे सारा स्वतन्त्रता आन्दोलन वही चला रहे थे और जयप्रकाश नारायण घास खोद रहे थे। जबकि सच यह है कि बौनिया सेन उन दिनों की सभाओं और बैठकों में चुपचाप घुसकर बैठ जाते थे और बैठे रहते थे। चार-फुटा होने की वजह से उन्हें कोई रोकता भी नहीं था और उनकी टेढ़बाकुच शक्ल पर लोगों का ध्यान क्षण भर को अँटक भी जाता था। यही वक्त होता था जब बौनिया सेन कुछ अमूर्त-धुँधले वाक्यों को उच्चरित करते थे। उनकी इस अमूर्तन और अर्थहीन शैली के कारण ही लोगों का ध्यान उनके बोलने पर अँटकता था कि आख़िर यह आदमी कहना क्या चाहता है। जब किसी के पल्ले कुछ नहीं पड़ता तो लोग सभ्यतावश उनकी पीठ ठोंक कर उन्हें बधाई देते। फिर उसी की आड़ में बौनिया सेन अपने 'कॅरियर', अपनी रोज़ी-रोटी और अपने अन्य निहित स्वार्थों को हल करते और बुद्धिजीवियों के बीच बोम् मारते कि वे राजनीति को गहरे में समझते हैं। इसी तरह 'बड़ी-बड़ी राजनीतियाँ करते हुए' बौनिया सेन 'ज्ञान' और धन-लाभ की अलभ्य ऊँचाइयों तक पहुँचे हैं। अब गुरू ने उन्हें मेरे पीछे लगा दिया! अब वे 'चरित्र-चरित्र' की रट लगाते मेरा माठा कर देंगे। और नहीं तो देबिका को लगा देंगे। और यद्यपि कि देबिका मेरी 'पोरीक्खा' ले चुकी है, लेकिन क्या पता, बाबा कुछ अमूर्तन करें और देबिका बहँक जाए। और अगर बहँक जाएगी तो जब तक जिन्दी रहेगी, मुझे चैन नहीं लेने देगी। हो सकता है वह गुरू के पास पहुँच जाए और पूछने लगे कि देवनाथ भाई साहब की प्रेमिका कहाँ रहती है।

मैं इस दुष्कांड की कल्पना से ही हदस गया। इसके पहले कि गुरू कोई गुल खिला दें, मुझे देबिका को पटा लेना चाहिए।

मैं बौनिया सेन के बँगले में दाख़िल हुआ तो वे बरामदे में बैठे थे। मुझे देखा तो उठकर अन्दर चले गए। इसके माने कि उस दिन के फ़ोन ने बौनिया सेन को पंचर कर दिया है। वे उठकर अन्दर गए और, शायद, देबिका को खबर दी। देबिका बरामदे में निकल आई।

'आश्ते पारी?'...मैंने सीढ़ियों पर ऐन देबिका के सामने खड़े-खड़े पूछा।

'आशुन...ए दिके आशुन।' वह अपने कमरे की ओर ले चली।

कमरे में जाकर मैं खड़ा हो गया।

'की भाबूछेन?' देबिका मुस्कुराई।

'आई एम सॉरी देबिका...मैंने फ़ोन पर तुम्हें उस दिन...।' मैंने देबिका की आँखों में देखते हुए कहा। देबिका का मुँहासों से खदरा हुआ चेहरा जैसे पिघल गया। साँवला रंग जैसे हल्का होकर अन्दर से लाइट मारने लगा। वह क्षण भर को वैसे ही खड़ी रही—बस। फिर जैसे उत्तेजित हो गई। इधर-उधर पड़े मैले कपड़े उठाकर आलमारी में ठूँसा। चाय का खाली कप उठाया और, 'आश्ची' कहती हुई किचेन की ओर भागी। फिर काफी देर तक नहीं लौटी। मैं उसके कमरे में इधर-उधर नज़रें दौड़ाता रहा। समाजशास्त्र की कुछ बासी पुस्तकें इधर-उधर धूल फाँकती पड़ी थीं। कमरा ऊटपटाँग और उजड़ा-उजड़ा सा लग रहा था। डर भी लग रहा था कि बौनिया सेन आएँ और भिड़ न जाएँ। वे भिड़न्त में माहिर हैं और अपने कुतर्कों के लिए तुरन्त आप्तवचन ढूँढ़ लेते हैं। लेकिन सिर्फ़ देबिका लौटी—प्लेट में कुछ सजाए और एक हाथ में कॉफ़ी का प्याला पकड़े। उसने साइड टेबिल मेरी बगल में खींचा और खाने- पीने की चीजें रखकर बैठ गई। मैं कॉफ़ी सुड़कता रहा चुपचाप। गर्मियों की आमद-आमद थी और उसकी खिड़की से तेज़ धूप चौंधियाती हुई कमरे को जरूरत से ज़्यादा उजला बना रही थी। उसने उठकर पर्दा खींच दिया।

'अपनी बाबा के की बोले छिलेन? बोलुन तो?' उसने बैठते हुए पूछा।

'केनो?' मैंने कहा।

'बाबा खुब राग धरे छिलेन, जानेन?' देबिका ने हँसते हुए कहा।

उसकी हँसी से वातावरण हल्का हो गया।

मैंने सोचा, बात बन गई, गुरू का ग्रह टल गया।

'चलता हूँ।' मैने उठते हुए कहा।

'आबार कखन दाखा हबे?' देबिका ने पूछा।

'हबेई।' मैंने कहा।

'आशबेन तो?'

मैंने सिर हिलाकर स्वीकृति दी।

'बेशी देरी कोरबेन ना।'

'ना।' मैंने चलते हुए कहा।

लेकिन बुरा हो इस वक्त का कि मेरा दाँव उल्टा पड़ गया। देबिका को मेरी मिठास इतनी भाई कि उसने और कमर कस ली। दो-चार दिनों बाद ही वह गुरू के चौबारे पहुँची और उसने मेरी प्रेमिका का घर पूछा। गुरू ने तुरन्त तत्परता दिखाई। वे बरामदे में निकले और उँगली के इशारे से घर दिखाकर तुरन्त कमरे में गुम हो गए। देबिका ने वीरांगना की तरह शर्मा जी का फाटक खोला और अन्दर दाख़िल हुई। वह धड़धड़ाती हुई गलियारे से भीतर चली गई। ग़नीमत थी कि मैं उस वक्त वहाँ नहीं था। मेरी प्रिया कुछ सोचती हुई बैठी थी। आहट हुई तो उसने आँख उठाकर देबिका को देखा।

'आइए, आइए।' उसने मुस्कराते हुए स्वागत की मुद्रा में कहा।

देबिका वैसी ही परखती हुई खड़ी रही।

'आइए न।' उसने फिर कहा।

'तो आप ही हैं?' देबिका ने एक-एक शब्द चबाते हुए कहा।

'हाँ, मैं ही हूँ।' अब वह सँभल गई।

'आप वेश्या हैं, वेश्या।' देबिका ने चाँटे की तरह वाक्य फेंका।

क्षण भर को सन्नाटा खिंच गया। देबिका भी आगे कुछ नहीं बोली और वह भी। देबिका उसे घूरती खड़ी रही और वह धरती को ताकती।

‘कभी पार उतरी हो?’ उसने आँखें उठाईं और आर-पार चीर देने वाली बात कही।

‘क्या मतलब?’ देबिका इस मुहावरे से सिटपिटा गई।

‘एकाध बार ठीक से पार उतर लो तो आना, फिर ये बात कहना’ उसने कहा।

देबिका तनतनाती हुई बाहर भागी।

गुरू ने अपने कमरे का पर्दा उठा के झाँका और देबिका को दूर सड़क पर जाते हुए देखते रहे। फिर तखत पर बैठकर सुपारी कतरने लगे।

‘कुछ ‘खेला’ हुआ है जरूर।’ गुरू ने कुंती जी को भीतर सुनाते हुए कहा।

अब मेरी लानत-मलामत तो होगी ही—गुरू ने सोचा और उस शाम जोगियों को न्यौत डाला। आ जाओ। उन्होंने देबिका-काण्ड अपनी ओर से नमक-मिर्च लगाकर सभी को फ़ोन पर सुनाया। उनके अनुसार पटका-पटकी हुई और धूल-धूसरित देबिका फाटक खोलकर भगते-भागी। अब शाम को बच्चू आएँगे तो जो हीरो बने चमक रहे हैं, बोरा ओढ़ा के कुटम्मस होगी। आज साबुत बच के नहीं निकल सकते। साला, बीवी अलग, इधर कोठा, उधर कुँवारी कन्या! बहुत बड़ा लम्पट है! तो ये कोठा ऐसा-वैसा नहीं है। कोठे के हो तो कोठे के होके रहो। यहाँ पूरी भूमिधरी होती है। ये नहीं कि चार दिन इधर जोतो, चार दिन उधर। शर्मा जी दौरे पर हैं और नगर-वधू ने पुराने आशिक अँइचाताने को ‘प्लाट’ से बुला रखा है। दोपहर से ही पहरे पर डँट गया है। फाटक की ओर देखता है तो लगता है, एक ही साथ मेरे बरामदे और दाहिनी ओर सड़क पर भी निगाह रखे है। आज खूनमखून निकलेंगे बच्चू!—गुरू ने बारी-बारी से सारे जोगियों को फ़ोन पर अपनी वाक्-शक्ति का कमाल दिखलाया।

लेकिन शाम को जब मैं पहुँचा तो मामला कुछ दूसरा ही रंग ले चुका था। अँइचाताना ग़ायब था। जोगी 'मठ' के बाहर लॉन पर बैठे सन्नाटा मारे थे। राम सागर गाँजे की कली मल रहा था और धूनी रमी हुई थी। लॉन और बगीचे में दोनों ओर हल्का छिड़काव हुआ था और मिट्टी की सोंधी खुशबू उठ रही थी। मैंने अपना 'ट्रक' खड़ा किया और सिर नीचा किए लॉन में दाखिल हुआ। जब बरामदे की सीढ़ियाँ चढ़ रहा था तो 'मठ' के लॉन में एक साथ सुर बाँध कर आवाज़ सुनाई पड़ी—

'भीतर 'किंग लवर' है, लौट जाओ।'

मेरी समझ में कुछ नहीं आया। मैंने सोचा, रोज़ की तरह यह भी कोई नई चिबोली है। मैंने गलियारा पार किया और अन्दर बरामदे में दाखि़ल हआ। वह वैसी ही चमकती हुई बैठी थी और सामने आरामकुर्सी पर एक निहायत गोरा, लम्बा, खूबसूरत आदमी धीमे-धीमे झूल रहा था। मेरी पदचाप सुनकर उसने झूलना बन्द किया और मुझे ऊपर से नीचे तक देखने लगा। वह हँसती हुई उठकर खड़ी हो गई।

'आइए, बैठिए।' उसने कहा।

'आइए?' मैं चौंका।

'ये गुरुशरण भैया हैं—शर्मा जी के दोस्त। इन्कमटैक्स कमिश्नर। इन्हीं के बारे में मैं बताया करती थी।'

अनचाहे ही मैंने नमस्कार किया।

'और ये मेरे गुरू जी हैं।' उसने लपककर मेरे पैर छुए।

मुझे लगा, गर्मियाँ हैं और घर में बहुत सारी मक्खियाँ भर गई हैं। चारों ओर भिनभिनाहट फैली है। कोई चीज़ मुँह से लग गई तो उल्टी हो जाएगी। हलक़ में ओक सी महसूस हुई और समय और बातें भारी शिलाखंडों की तरह लुढ़क कर छाती दरकाने लगीं। यही आदमी हर महीने सूखे मेवों की बड़ी-बड़ी पेटियाँ भेजता था? और उस पर सबसे ज़्यादा हक मेरा ही होता था। चलते वक्त वह मेरी पैंट और कमीज़ की जेबों में मेवे ठूँस देती और मैं चबैने की तरह फाँका करता।—तो यही 'किंग लवर' है जिससे जोगियों ने सावधान किया? तभी वह मुझे गलियारे की तरफ़ ले गई।

'आज तुम जाओ।' उसने कहा।

'आज 'किंग लवर' की बारी है?' मैंने किचकिचा कर कहा।

'जाओ।' उसने चुमकारा।

'भठियारिन।' मेरे मुँह से निकला।

उसने कस के चुम्मी ले ली—'तुम नहीं समझोगे। कल आना तो बातें करेंगे।' उसने पकड़े-पकड़े कहा।

'खूब समझता हूँ मैं।' मैंने झटका दिया और बाहर निकल आया।

जब मेरा 'ट्रक' स्टार्ट हुआ तो 'मठ' के लॉन से एक हहास-भरी हँसी गूँज उठी।

पहले तो मैं सड़कों पर इधर-उधर भरमता रहा। मेरा माथा भन्ना रहा था और लगता था कुछ अघट घटने वाला है। किधर को जाना है? और क्यों जाना है? जीवन का कोई अर्थ नहीं रह गया था। लग रहा था बहुत गहरे अतल में डूबा जा रहा हूँ। सोचता हूँ, पैरों के नीचे अब ज़मीन आई, अब आई—और कोई अन्त नहीं है। पतन की हद है यह! कहाँ जा सकता हूँ और किससे कह सकता हूँ! अन्तकाल निकट है—बस। मैंने स्कूटर खड़ा किया तो सामने जमुना का विशाल पेटा था। अन्धा जल हिलोरें ले रहा था, जिसमें उस पार की बत्तियाँ जगर-मगर टूटकर बिखर रही थीं। दूर पुल पर अनवरत खड़खड़ और शोर की अनुगूँज थी। मैं स्कूटर की सीट पर बैठ गया। ठीक ही चिल्लाते थे जोगी। मैं ही अनवधान था। मैं ही इस तिलस्म में बन्द, अपने को सर्वशक्तिशाली राजकुँवर समझे बैठा था। किस तरह जुगों से संचित मेरा तप खंडित हुआ! अब पुराने, सड़े हुए, गँधाते, काले कीचड़ में लोटकर दौड़ते हुए भैंसे की तरह दुर्गन्ध से, दूर से ही लोग मुझे पहचान लेंगे और नाक दबाकर परे हट जाएँगे। एकाएक वहाँ घर के भीतर के दृश्य की कल्पना ने मुझे दबोच लिया। उसका भाई परछत्ती पर होगा—किसी और के लिए। नौकरानी बरामदे में डँटी होगी। मेरी बड़ी जबर्दस्त इच्छा हुई कि

इसी वक्त चलूँ और पकड़ लूँ। लेकिन आज तक रँगे हाथों मुझे ही किसी ने पकड़ा है? कितनी बड़ी मक्कार है! अब मैंने सारी दिनचर्या का ध्यान करना शुरू किया। वो जो बूढ़े मियाँ हैं—बाद में मन्त्री हो गए, कैसे दाढ़ी हिलाते बैठे रहते हैं! वे चचा हैं। वो जो हर शुक्रवार को तीन बजे काला कोट पहने, दम-दम दमकता एडवोकेट आता है, वह भाई है। कभी-कभी जाओ तो नौकरानी बताती है, 'प्लाट' पर गई हैं। प्लाट पर? यानी वह समय अँइचाताने के लिए है। वह शर्मा जी के ऑफ़िस का क्लर्क है। 'प्लाट' अगोरता है। और 'प्लाट' की रखवाली और कब्जे के लिए बने इकलौते कमरे में डेरा डाले है। किराया भी बचता है और मजा जो है, सो ऊपर से। आनन्द ही आनन्द है। और वह डाक्टर, और सोना जी, जो हर हफ़्ते बनारस से यहाँ धमक जाते हैं। और गिल साहब, और बाली उमर का वह बाँके यार ओझा—ओफ़! पता नहीं गिनती के बाहर अँधेरे में कितने हैं! और सब कुछ सम्भव है—सब कुछ—मैंने अपने से कहा। क्या तुमने महर्षि वात्स्यायन की किताब नहीं टटोली थी? यह पता करने के लिए कि केलि और अनन्त काम-वासना से सम्पन्न ऐसे स्त्री-रत्न को महर्षि ने किस कोटि में रखा है? और कोई कोटि मिली तुमको? नहीं मिली न? सम्भव है...सम्भव है—सब कुछ सम्भव है। ऐसी बेमिसाल, अनथक, अतृप्त काम-वासना से सदा-सर्वदा लहलहाती हुई औरत के लिए सारा दिन, सारी रात सम्भव है। प्रेमी-गण पोंछना की तरह पलंग के नीचे लस्त-पस्त, लिथड़े हुए पड़े रहेंगे और वह अनन्त भोग के लिए सदा-सर्वदा तैयार। इसीलिए शर्मा जी भाग खड़े हुए और अब सिर्फ़ एक चेतावनी लिए आते हैं—'भाइयो, जरा समाज को ध्यान में रख के।'

भयावह ईर्ष्या से मैं तपने लगा। और मैदान छोड़ने की जगह मैंने डँटे रहने की ठानी। मैंने इस लम्बी सूची को ध्वस्त कर देने का प्रण लिया। ये जोगी लोग मुझे समझते क्या हैं? कि मैंने पीठ दिखा दी? और मैं उस गणना में नहीं रहूँगा। मैं अकेला और अकेला और अकेला। और फिर केवल मैं और वह। और मैं नये उत्साह से लौट आया। दूसरे दिन पहुँचा तो सब कुछ सामान्य था। जैसे पूरा प्लेटफ़ार्म कभी-कभी खाली

दिखता है और कोई मुसाफ़िर नहीं होता। उसने जाते ही पटाने की सोची, लेकिन मैं सावधान था। झाँसे में नहीं आना बेटा—मेरे भीतर बार-बार कोई बोल रहा था। मैंने उसे धूँसना और कलंकित करना शुरू किया। अब रोज़-रोज़ यही काम था—खूनमखून होना और खूनमखून करना। और इसके लिए वह सम्पूर्णतः तैयार।

'देखता हूँ, इधर कौन झाँकता है।' मैं चिल्लाया।

'जो चाहे करो।' उसने कहा।

'शर्मा जी आएँगे तब भी नहीं टलूँगा।'

वह हँसती रही।

इस तरह मैंने अपना विकट रन शुरू किया। सबसे पहले अँइचाताने को ठिकाने लगाया। 'प्लाट' से उसका बोरिया-बिस्तर बाहर। मियाँ की छुट्टी। इसी बीच उनकी किडनी ख़राब हुई और वे चल बसे। एडवोकेट को मधुमेह था—वह अन्धा हो गया। 'किंग लवर' ने देखा कि मिट्टी पलीद हो सकती है तो कानपुर से इधर का रुख़ करना बन्द। बहुत सारे बाँके यार और डॉक्टर और वैद्य और मलमलधारी फुर्र। और आश्चर्य कि इस विकट रन में हमेशा वह अपनी कलाई मेरे रथ के पहिए में धुरे की तरह जमाए रही। उसने कभी इन्कार नहीं किया। सारे योद्धा एक-एक कर गिरते गए और उसने चूँ तक नहीं किया। उसकी इस पूरी रज़ामन्दी ने मुझे चकित कर दिया। क्या वह स्वयं यौवन-रण धीरे-धीरे हार रही है? क्या इस महासागर में धीरे-धीरे उसकी नाव में पानी भर रहा है? और वह पार लगना चाहती है? क्या मैं उस अन्तिम 'लाइट-हाउस' की तरह हूँ जिसकी तरफ़ उसका जहाज धीरे-धीरे बढ़ रहा है? क्या वह स्वयं अब थक चुकी है और गिरने के पहले एक सहारा चाहती है?

'जोगिया रे, तूँ तो सच्चों जोग-बैराग जाने रे! मोर त नया जनम होइगा।' उसने एक दिन डूबते हुए कहा। और यह कोई भावुक-उच्छल आवाज़ नहीं थी। उसने घर-परिवार, पति, माँ-बाप, भाई-बहन, हीत-

नात—सबके सामने खुलकर मुझे अपना लिया। अब कहीं, कोई छिपी-दुरी बात नहीं रह गई। वह तनाव, वह रींझना, वह रन, वह मार-काट--सब खतम। और ज्योंहिं यह सब कुछ सम्पन्न हुआ, स्वाहा की अन्तिम हुताग्नि मद्धिम हुई—मुझे एक डर, एक घबराहट ने दबोच लिया। कहीं कोई है, कोई है जिसका पता नहीं। जिसका तुम्हें कभी पता नहीं चलेगा। चौबीसों घंटे पहरा देते रहो, तब भी नहीं। वह दिन और रात के बाहर के समय में कहीं स्थित है। वहाँ तुम नहीं पहुँच सकते। वहाँ वे दोनो निश्चिन्त-निरावृत विहार करते हैं और तुम पर हँसते हैं। वह हँसी तुम्हें कभी सुनाई नहीं देगी। खोजते रहो जीवन भर--उस अलक्ष्य-निराकार के पीछे पड़े रहो। ठेंगा दिखाता हुआ वह तुम्हारे सामने से गुज़र जाएगा और तुम्हारा जीवन इसी में चुक जाएगा। इस सनसनाते सन्देह ने तुम्हारी घाँटी पकड़ ली है और तुम्हारी इड़ा-पिंगल को दबा रहा है। तुम कुछ नहीं कर सकते—कुछ भी नहीं।

बस, मुझे एक विचित्र, अनजानी वीतरागिता, एक शर्म, एक दुख, एक सघन उदासी ने धर दबोचा। इसी के लिए? इसी दिन के लिए? और मेरी शान्ति-सुख—सब जैसे उड़नछू हो गए। उसे कुछ भी पता नहीं था। जब वह शैय्या पर विभोर थी; जब मैंने उसे पूरी तरह मार दिया; जब उस युद्ध-क्षेत्र में चारों ओर क्षत-विक्षत मृत उसके प्रेमियों की देहें पड़ी थीं और वह उन्हें रौंदती हुई मेरी ओर बढ़ रही थी—तभी विजय की उस विचित्र-सी खिन्नता में मैं उठा और शवों के उस अँधेरे निचाट में एक अनवरत भटकन के लिए उसे छोड़कर चल दिया और वह देखती रह गई।

जाड़े की शाम थी, जब मैंने 'मठ' का द्वार खटखटाया। जोगियों का जमावड़ा कमरे में था। राम सागर ने उठकर दरवाज़ा खोला और भौंचक खड़ा रह गया। जमावड़े में सन्नाटा छा गया। सभी लोग दरवाज़ की ओर देख रहे थे। अन्त में गुरू अपने तख़त से उठे।

'आओ, भीतर आओ।' वे उठकर दरवाज़े तक आए और मुझे तखत तक ले गए।

हरीश उठकर कोने वाली कुर्सी पर चला गया और मेरी पारम्परिक कुर्सी खाली कर दी। गुरू लपक कर अन्दर गए। शैव्या ने दरवाज़े की सन्द से मुझे देखा और मुस्कुराकर 'विश' किया। मेरे चेहरे पर एक हल्की-सी मुस्कुराहट आई, जिसे पूरे जमावड़े ने लक्ष्य किया। तब तक गुरू अन्दर से गिलास लेकर आ गए। सन्त प्रसाद ने मेरा गिलास बनाया और मेरे हाथों में दिया। सबने उठकर अपने-अपने गिलास एक गोलाई में मिलाकर 'टच' कराया–

'चीयर्स फ़ॉर दि रिटर्न ऑव द नेटिव।' हरीश ने कहा और 'मठ' ठहाकों से गूँज उठा।

4

'तुम्हें शर्म नहीं आई?' हरीश गुस्से में कहता है।

लौटने के बाद यह हमारी पहली भेंट है। हम दोनों 'ठीहे' पर बैठे हैं।

'बोलो, शर्म नहीं आई तुम्हें?'

'तुम लोगों ने मेरा बहुत अपमान किया।' मैं कहता हूँ।

'तो क्या सिर-आँखों पर बिठाते! कहते कि लो भाई देखो, ये है हमारा नौनिहाल! सारे शहर में थू-थू हो रही है। 'मठ' की कितनी बदनामी है। लेकिन तुम्हें क्या फर्क पड़ता है! तुम तो परम बेहया निकले! और इतना ही बुरा लगा था तो फिर वहीं क्यों लौटे? क्यों लौटे बोलो?' उसने कॉफ़ी का घूँट लिया।

'तुम लोग क्यों जाते हो वहाँ?' मैंने दागा।

'तो कहाँ जाएँ? तुम्हारी तरह हम भी कोई 'कोठा' ढूँढ़ लें?'

'फिर वही बात।' मैंने हाथ पटका।

'छनछना क्यों रहे हो? झूठ है?'

मैं चुप, उसकी आँखों में देखता हूँ।

'साले, बीवी को ज़िन्दा मार दिया। भरपाई हो सकती है कभी? साला, आधी उमर में हरमपन्थी पर उतर आया।'

'मैं उसे प्यार करता था।' मैं बोलता हूँ।

'कितनी बार प्यार करोगे?' हरीश चिल्लाता है तो दूसरी टेबिल के लोग आँखें उठाते हैं।

'यही तो पछतावा है।'

'तुमने गुरू के गिलोटिन में अपनी गर्दन रख दी है।'

'मैंने कोई व्यभिचार नहीं किया।' मैं कहता हूँ।

'ओफ़।' हरीश जैसे सिर पटक देगा।

'लेकिन गुरू के साथ शामिल होना अनैतिक है।'

'कौन शामिल होता है? तुम होते थे? बल्कि तुम तो पर्दा थे पर्दा। सारे काम तुम करते थे और गुरू यश लूटते थे। बाकी? सन्त प्रसाद शामिल होता है? कि राम सागर, कि सेत्ताराम, सिंह साहब? कि मैं? और गुरू शामिल करेंगे भी नहीं। गुरू वह मूस हैं जो अपनी मुसकइल में सिर्फ़ एक हिस्सा लगाता है—अपनी मुसरी को। समझे। और तुम पता नहीं कर सकते। तुम एक हुर्रा मारोगे तब तक गुरू माल-मता लेकर बिल के दूसरे अदृश्य कोने में चम्पत। इसलिए बहुत बनो मत।' हरीश कहता है।

'शामिल न हो तो भी।' मैं कहता हूँ।

'तो भी क्या?'

'चुप रहना भी अनैतिक है।'

'तो चिल्लाओ। जाओ, चिल्लाओ। देखो कि लोग क्या करते हैं। तुम्हीं पर हँसेंगे सब लोग। और गुरू का बाल बाँका भी न होगा। गुरू कह देंगे, देखो इस दुराचारी को। कल 'कोठे' से उतरा और आज नैतिकता बखान रहा है। तब?'

और सचमुच यही बात है। जिसमें भी गुरू के प्रति जिज्ञासा-भाव बढ़ता है, जो भी उनके चरित्र के बारे में उँगली उठाता है, जो भी प्रश्नवाची मुद्रा में बाँकेलाल बनने की कोशिश करता है, गुरू बिना मारे ही उसे

तोड़ देते हैं। अतः प्रश्नाहत मत करो अपने को। करोगे तो गुरू को सन्देह होगा। सन्देह हुआ नहीं कि तुम गंजे होना शुरू हुए। सायटिका ने पूरे दम के साथ आक्रमण कर दिया। बहुमूत्र उभड़ आया। कमरे से मुत्तीघर, मुत्तीघर से कमरे में। फेरा लगाते रहिए। हरीश के साथ भी यही हुआ। और देखिए कि वह किस तरह लटा पड़ा है! कहता है कि गुरू को इष्ट है। उनके बारे में कुछ भी सोचो, कुछ भी बोलो—गुरू को पता लग जाता है। उस दिन भी ऐसा ही हुआ। मुझसे छूटने के बाद हरीश सीधा 'मठ' में हाजिर।

'गुरू मुझे माफ़ कर दीजिए।' 'प्रेमांशु' का पट खुलते ही उसने दोनों हाथ जोड़ दिए।

'आओ, आओ।' गुरू ने सोफ़े की ओर इशारा किया।

'लेकिन बताइए गुरू, आपने माफ़ कर दिया?' उसने बैठते हुए कहा।

'मसखरी बन्द करो।' गुरू तखत पर विराजमान हुए।

'नहीं गुरू, मैंने पाप किया, घोर पाप।' हरीश गिलगिलाता है।

'चुप सी.एच. राम।' गुरू ने खलीफ़ा को चाय के लिए आवाज़ दी।

हरीश अपने चौड़े माथे का पसीना पोंछने लगा।

उसके दो-तीन दिन बाद आधी रात हरीश का फ़ोन आया। उसने बताया कि पत्नी कोमा में हैं। 'लुम्बिनी' में भर्ती कराना है। मैंने कहा कि गुरू को फ़ोन करो तो उसने कहा कि नहीं, तुम करो। मैंने उसे फ़ोन रखने को कहा। गुरू से बात की तो गुरू ने कहा, अभी पता करके बताता हूँ। गुरू ने तुरन्त फ़ादर मारक्विज़ को फ़ोन लगाया। रात के दो बजे फ़ादर मारक्विज़ गहरी नींद में थे। उन्होंने हड़बड़ाकर मसहरी से हाथ निकाला और चोंगा उठाया।

'हाँआँ?' फ़ादर मारक्विज़ की खसखसी आवाज़ आई।

'मैं बोल रहा हूँ बिशप!' गुरू इधर से बोले।

'मैं कौन?' फ़ादर मारक्विज़ अभी अँधुआए हुए थे।

'मैं...मैं।' गुरू ने भी गला साफ़ किया।

'ओह, हाँ...बोलिए।'

'मेरे मित्र की पत्नी अचानक कोमा में चली गईं।' गुरू ने कहा।

'अच्छाआ...' फ़ादर मारक्विज़ भटभटाए, 'आज तो रविवार हो गया,' फ़ादर ने घड़ी देखी, 'आज तो भर्ती नहीं होती। लेकिन ठीक है, मैं एम्बुलेन्स भेजता हूँ और मुख्य-द्वार के शटर के पीछे खड़ा रहता हूँ। आप घबराइए मत। ईशू सब भला करेगा। उन्हें लेकर आ जाइए।' फ़ादर मारक्विज़ ने फ़ोन रख दिया।

जब एम्बुलेन्स 'लुम्बिनी' के मुख्य-द्वारा पर पहुँची तो फ़ादर मारक्विज़ सचमुच सफ़ेद चोगा पहने शटर के पीछे खडे थे। 'स्पेशल केस' था। गार्ड ने शटर खोला तो फ़ादर मारक्विज़ के पीछे लकदक ट्यूनिक में नर्स और वार्ड-ब्वाय' चिंड़ोला (यह 'स्ट्रेचर' के लिए फ़ादर मारक्विज़ का भोजपुरी से लिया हुआ शब्द था) के साथ खड़े थे। मरीज़ को उतार कर चिंड़ोले पर लिटाया गया। वार्ड-ब्वाय के साथ स्वयं नर्स चिंड़ोला ठेलती हुई लिफ़्ट तक ले गई। गुरू और हरीश पीछे-पीछे। गुरू ने लदर-फदर, फ़ादर मारक्विज़ को हाथ जोड़ा और दोनों लिफ़्ट की ओर भागे।

'आपका बहुत-बहुत शुक्रिया।' गुरू ने चलती हई लिफ़्ट में नर्स से कहा।

'डोन्ट बी सिली।' नर्स मरीज़ के चेहरे की ओर देख रही थी।

वातानुकूलित कमरे में मरीज़ को ले जाकर लिटाया गया। डॉक्टरों ने परीक्षा की। दवा की लम्बी सूची नर्स ने गुरू को पकड़ाई। गुरू पर्चा अवलोकते रहे।

'ये दवाएँ कहाँ मिलेंगी' गुरू ने नर्स से पूछा।

'यहाँ दवाख़ाना बन्द है इस वक्त। बाहर से लाइए तुरन्त।' नर्स ने कहा।

'लाइए गुरू, मैं जाता हूँ।' हरीश ने कहा।

'यहाँ आपका कोई काम नहीं है। बाहर जाइए।' नर्स ने गुरू से कहा।

दोनों नीचे उतरे।

'क्या सख़्ती है!' गुरू ने जैसे रीझते हुए कहा।

हरीश दवाओं के लिए रवाना हो गया और गुरू 'लुम्बिनी' के प्रांगण में टहलने लगे। 'लुम्बिनी'—यह नाम बड़े-बड़े लाल अक्षरों में अस्पताल के ऊपर चमक रहा था। उसके ऊपर एक लम्बा-सा क्रॉस बना था। फ़ादर मारक्विज़ भी गजब के साधु हैं। जब अस्पताल बनवाया तो उसका नाम रखा—'लुम्बिनी'। लोगों ने पूछा, लुम्बिनी क्यों? तो फ़ादर मारक्विज़ बोलते, 'क्योंकि ये अस्पताल नईं बाबा! ये भगवान गोतम का जन्म-स्थान।' फ़ादर मारक्विज़ हो-हो करके हँसते।

फ़ादर मारक्विज़ और गुरू का संग-साथ अतीत काल में जाता है। फ़ादर मारक्विज़ अभी भी अक्सर अपनी काली कार में बैठकर गुरू के चौबारे फेरा लगाते हैं। गुरू कभी बहुत पहले उनके 'सन्थागार' में पढ़ाते थे। बाद में जब फ़ादर मारक्विज़ को मालूम हुआ कि गुरू का भी एक 'मठ' है, गुरू भी 'साधना' करते हैं तो घुमा-फिराकर फ़ादर मारक्विज़ ने गुरू से छुट्टी पा ली।

'यहाँ 'पॉलुशन' फैलाने से क्या फ़ायदा!' फ़ादर मारक्विज़ ने कहा।

लेकिन वहाँ से हटने के बाद भी गुरू ने फ़ादर मारक्विज़ के 'सन्थागार' से अपना रिश्ता नहीं बिगाड़ा। गुरू में यही तो बात है। वे अपने जानी दुश्मन से भी अपना रिश्ता नहीं बिगाड़ते। इसका मूल मन्त्र यह है कि बहस में पड़ते ही नहीं। कभी-कभी लगता है कि गुरू के पेट में कुछ है ही नहीं। इसीलिए बाहर आने के लिए कुछ भी नहीं औंटता। लगता है, गुरू एकदम बाँझ हैं। प्रकृति ने उनको वह गर्भाशय दिया ही

नहीं जिसमें विचारों का भ्रूण पलता है। इसीलिए गुरू ठाट से हैं। यह गुरू के जीने का शिल्प है।

'ऐसे लोग बहुत ख़तरनाक होते हैं।' हरीश से पूछो तो कहता है।

फ़ादर मारक्विज़ को बेकार ही शक हो गया था कि गुरू गर्भवान हैं और पॉलुशन फैलाएँगे। बाद में उन्होंने महसूस किया कि ऐसा बंजर आदमी ही उनके 'सन्थागार' के काम का है। इसीलिए दोनों आज भी 'मित्र' हैं।

फ़ादर मारक्विज़ पर हिन्दुस्तानी जातिवाद का असर कम नहीं है। ये लोग ईसाइओं में अपने को 'बाँभन' कहते हैं। कहते हैं कि विचार-सम्पन्न साधु तो हमारे 'मत' में ही पैदा होते हैं। फ़ादर मारक्विज़ के पास चौंकाने वाली अनन्त कल्पनाएँ हैं। शहर में मशहूर है कि ऐसे लोग बड़े खुड़पेंची होते हैं। दरअसल वे एक व्यावहारिक स्वप्नदर्शी हैं जो अपने हर सपने का पूरा करने के लिए जान लड़ा देता है। जैसे अपने 'पन्थ' को इस क्षणभंगुर संसार में सनातन बनाने के लिए इधर वे धार्मिक शब्दावली का शब्द-कोश बना रहे हैं। वे हर शब्द का निश्चित और सटीक और मारक शब्दार्थ दूसरी भाषाओं में ढूँढ़ने के लिए आजकल अँउजाए रहते हैं। जो भी मिलता है उसे घंटों बोर करते हैं। भारतीय भाषाओं के अनेक विद्वानों को उन्होंने इस काम में जोत रखा है।

'मुझे हर भाषा में एक सायण चाहिए। आप सभी लोग मेरे सायण हैं।' फ़ादर मारक्विज़ कहते हैं।

इसी में हमारे बौनिया सेन भी हैं। वे शब्दों के ऐसे-ऐसे शब्दार्थ ढूँढ़कर लाते हैं कि फ़ादर मारक्विज़ हैरान रह जाते हैं।

'आप भाष्य कुछ ज्यादा ही करते हैं।' वे कहते हैं।

'तो क्या करूँ बिशप?' बौनिया सेन बोलते हैं।

'आप सिर्फ़ अर्थ करिए।'

'अर्थ तो अनर्थ को जन्म देता है।' बौनिया सेन उलझते हैं।

'आपका भाष्य भी अनर्थ को जन्म देता है।'

'तो क्या करूँ बिशप?'

'आपके अनर्थ के पैसे बहुत बने हैं, पहले उन्हें प्राप्त कीजिए।'

'उसके बाद?''

'उसके बाद अपने मन को शान्त कीजिए। आपके दाएँ हाथ की कानी उँगली अक्सर फड़फड़ाती है।' फ़ादर मारक्विज़ बौनिया सेन के दाएँ हाथ की ओर इशारा करके हो-हो हँसते हैं।

ये विद्वत्जन जितना नियमित कमाते हैं, उससे ज्यादा तो फ़ादर मारक्विज़ के शब्द-भंडार से उगाह लेते हैं। आजकल कई लोग 'कलम' शब्द का पर्यायवाची ढूँढ़ने में लगे हुए हैं। क्या कहा था प्रभु यीशु ने मनुष्यों के लिए... 'आई ऐम द ट्रंक एंड यू आर द ब्रांचेज ग्राफ़्टेड अन्टू मी...मैं वृक्ष-तन हूँ और तुम लोग कलम लगी शाखाएँ हो।' फ़ादर मारक्विज़ कहते हैं—'कलम' शब्द नहीं चलेगा। टू मच वर्ल्डली।' अब सारे सायण शब्द-भण्डारों के जंगलों, धातुओं की जड़ों और प्रत्ययों-उपसर्गों की कँटीली झाड़ियों में भटक रहे हैं। हर बार कोई-न-कोई नया शब्द-विकल्प लेकर आते हैं और पूरे आत्म-विश्वास के साथ फ़ादर के सामने प्रस्तुत करते हैं।

'मिल जाएगा, मिल जाएगा लेकिन ये तो नहीं चलेगा।' फ़ादर मारक्विज़ अपनी सफेद लम्बी दाढ़ी पर हाथ फेरते हुए कहते हैं।

सायण लोग उस दिन की दिहाड़ी पूरी करके भाषा के अपने-अपने वनांचलों में लौट जाते हैं।

फ़ादर मारक्विज़ सायणों की असफलता के बाद एक दिन गुरू को फ़ोन करते हैं।

'इस बार आपने कैसी टीम दी?' वे बोलते हैं।

'क्या हुआ बिशप?' गुरू अत्यन्त मृदु-महीन आवाज़ में पूछते हैं।

'ठेका में इतना पैसा दिया आपको।' फ़ादर मारक्विज़ थोड़ा चिढ़े लगते हैं।

'लेकिन टीम में तो सभी विद्वान हैं।' गुरू कहते हैं।

'विद्वान ही तो नहीं चाहिएँ।' फ़ादर बोलते हैं।

गुरू उधर चुप।

'आपने बौनिया सेन को दे दिया।' फ़ादर कहते हैं।

'बौनिया सेन तो कर्मठ आदमी हैं।' इस बार गुरू 'विद्वान' नहीं कहते हैं।

'उन्होंने तो साक्षात् अवतार ले लिया है।'

'अवतार?' गुरू अपनी हँसी दबाते हैं।

'आदि शंकर का।'

गुरू फ़ोन पर खीं खीं खीं करते हैं।

'मुझे तो काम चाहिए, आदि शंकर को लेकर क्या करूँ?' फ़ादर पूछते हैं।

'आदि शंकर को शंट कीजिए।' गुरू कहते हैं।

'येह्, येह्, येह्।' फ़ादर मारक्विज़ जीभ चटचटाते हुए कहते हैं।

'रखूँ बिशप?' गुरू पूछते हैं।

'इस साल कितने एडमिशन आपके खाते में जाएँगे?' फ़ादर पूछते हैं।

'अभी तय नहीं बिशप।'

'आप बहुत पालुशन फैलाते हैं। ढंग के आदमी भी नहीं भेजते।'

'दस रख लीजिए बिशप।' गुरू कहते हैं।

'येह्, येह्—खर्चा बढ़ गया है क्या?' फ़ादर मारक्विज़ हँसते हुए फ़ोन रख देते हैं।

गुरू कभी अपने संगी-साथियों, परिचितों, सहयोगियों या संगठन के लोगों का एडमिशन नहीं कराते। नाते-रिश्तों से तो पहले ही हाथ झाड़ लेते हैं। जब भी कुन्ती जी कोई सिफ़ारिश करती हैं, गुरू झटक देते हैं—'चुप रहो। नाम मत लेना। तुम्हारे तो हीत-नात—सब

मुफ़्तखोरे हैं। यहाँ सदाबर्त खुला है क्या?' हमारे संगठन के प्रदेश स्तर की अध्यक्षा ने अपने बेटे के लिए बड़ी मिन्नतें कीं। गुरू टालते रहे। अन्त में उन्होंने किसी की मार्फ़त कहलवा दिया–'संगठन में काम करेंगी और बेटे को कान्वेन्ट में पढ़ाने का ख्वाब देखेंगी! यही चरित्र है! कह दो उसी टुटहे स्कूल में ले जाएँ, जहाँ पढ़ाती हैं।' लेकिन गुरू किसी को 'ना' भी नहीं करते। इस मामले में वे बेमिसाल हैं। वह अन्त तक हाँ-हाँ करते रहेंगे और कभी आपका काम नहीं करेंगे। अपूर्व-अद्भुत है यह कि आप कभी निराश नहीं होंगे। न उनके ऊपर कभी नाराज़। न दुखी। क्योंकि वे एक ऐसे अदृश्य धागे से लटकाए रखते हैं, जिसे 'आशा' कहते हैं। उल्टे हर बार उनके चौबारे से आप आह्लादित लौटेंगे।...लेकिन गुरू एडमिशन करवाते हैं। पनवाड़ियों, खटिकों, परचूनियों, बाटलर्स, व्यवसायिओं, वकीलों या ग्रामीण नव-धनिकों का। जहाँ माल है, वहाँ गुरू अत्यन्त उदार हो जाते हैं। लेकिन उनसे भी बड़ी निर्ममता से पेश आते हैं। जैसे बुढ़ापे की ओर बढ़ता हुआ कोई जर्मन शेपर्ड जंजीर तुड़ाकर निकल आया हो। बेमरौव्वती से सौदा तय करते हैं और खड़े-खड़े भगा देते हैं। उन दिनों गुरू लगभग रोज बैंक जाते हैं।

'खाता भरा कि नहीं?' फ़ादर मारक्विज़ कभी-कभी पूछते हैं।

गुरू सिर्फ़ हँसते हैं–पूरी विनम्रता के साथ।

हरीश दवाएँ लेकर लौटा तो गुरू नीचे ही मिल गए। उन्होंने कहा कि उस सख़्त नर्स से उन्हें डर लगता है। न जाने कैसे पेश आए। इसीलिए ऊपर नहीं गए। दोनों ऊपर आए। मरीज़ को ग्लूकोज़ और दवाएँ चढ़ रही थीं। नर्स ने गुरू को आँख उठाकर देखा और खड़ी हो गई। गुरू को वह एकदम दुधमुँहीं लगी। धर्म-प्राण ईसाई लोग यह कन्यादान धार्मिक आस्था के कारण नहीं करते–गरीबी, बदहाली और शेष परिवार के पेट-पालन के लिए करते हैं–गुरू का दिमाग चल

निकला। यह भी इसी तरह 'सन्थागार' में आई होगी। बाँस की कइन जैसी लम्बी, छरहरी, लचकती हुई। चलती है तो लगता है, बीच से दो खण्ड हो जाएगी। बिशप के कठोर, अनुशासन, जप-तप, पोषक आहार, भली-भली नींद, प्रार्थना और 'योगा' ने गढ़न में क्या निखार ला दिया है!—गुरू चुपचाप कोने में बैठ गए और चकित होते रहे कि स्त्री-देह कितनी समृद्ध है!

'कोई एक ही आदमी रहे।' नर्स ने कहा।

हरीश गुरू को बाहर ले गया। उसने कहा कि वह बच्चों को पड़ोसन के पास छोड़ आया है। गुरू ने तब तक तय कर लिया था। उन्होंने कहा कि वह जाए, रात की पाली वे कर लेंगे। हरीश चला गया तो गुरू अन्दर आए। एक डरे-डरे मौन में गुरू उस रात घिरे रहे।

मरीज़ की अवस्था में कोई सुधार नहीं हो रहा था। हरीश और दूसरे दोस्त दिन की पाली करते, लेकिन रात की पाली गुरू अकेले करते। सेत्ताराम ने कहा भी कि कोई और रह लेगा लेकिन गुरू ने सख़्ती से मना कर दिया। सभी लोग अचानक ही गुरू का लोहा मान बैठे। जोगियों ने 'लुम्बिनी' के बाहर ढाबे पर जमावड़ा लगाया और गद्‌गद् होते रहे। ऐसे ही गुरू का आकर्षण नहीं है। गुरू में कुछ है जो अदृश्य रूप से विराजमान है। सेत्ताराम ने कहा, 'क्रियायोग है—क्रियायोग।' सिंह साहब का विचार था कि गुरू के माथे में एक मणि है। वही हमें खींचती है। जब कभी उसका प्रकाश होता है, गुरू पर सत् चढ़ बैठता है और गुरू ऐसे-ऐसे काम कर बैठते हैं कि जोगड़े चकाचौंध।

'बड़े-बड़े गुरू हुए इस शहर में—छुन्नन गुरू, कुन्नन गुरू, बदौवा गुरू, झाँटे गुरू, बाऊ गुरू, टिन्ना गुरू, दयालू गुरू, झाऊ गुरू, मनमन गुरू, टनटन गुरू, लेकिन हमारे गुरू का जवाब नहीं।' सन्त प्रसाद ने कहा।

'डँटे हैं तो डँटे रहेंगे।' राम सागर ने तारीफ़ की।

हरीश नीचे आया तो सभी चुप हो गए।

इस बीच कई दिन बीत गए। गुरू की आवाजाही नॉर्मल हो गई। गुरू ने ऑफ़िस से नर्स का नाम-पता कर लिया। नर्स को भरोसा हो गया और उसकी सख़्ती थोड़ी कम हो गई। जिस दिन वह रात की ड्यूटी पर नहीं होती, उस दिन गुरू भी पाली बदल लेते। जिस दिन होती उस दिन गुरू हाजिर।

'तुम्हारा नाम क्या है?' गुरू ने एक रात पूछा।

नर्स ने सिर्फ़ देखा और चुप रही।

'तुम्हारा नाम है—मिस एलिजबेथ।' गुरू मुस्कराए।

नर्स फिर भी चुप।

'जरूर तुम केरल की हो।' गुरू फिर।

नर्स थोड़ा इधर-उधर हुई।

'ज़रूर तुम्हारे पाँच-छः भाई-बहन होंगे और तुम्हें कलीसिया को दान कर दिया गया।'

'यह झूठ है।' मिस एलिजाबेथ ने झुँझलाकर कहा।

'तुम्हारे लिए नहीं तो यह दूसरी लड़कियों के लिए सच होगा।'

'डोन्ट टॉक नान्सेन्स।' मिस एलिजबेथ बोलीं।

'नान्सेन्स नहीं है।' गुरू ज़ोर देकर बोले।

'हमारा जीवन अब ईशू के लिए है।'

'जानती हो, उस रात जब तुम बिशप के पीछे सफ़ेद ट्यूनिक में खड़ी थीं, मैंने सोचा, लिली के फूलों का कोई गुच्छा है। मरीज़ तो आधा ऐसे ही अच्छा हो जाएगा।'

मिस एलिजबेथ एकदम ख़ामोश।

'और अब भोर हो रही है।' गुरू ने कहा।

'हमें इन बातों से कोई मतलब नहीं।' उसने अत्यन्त रुखाई से कहा।

मरीज़ की हालत में कोई फ़र्क नज़र नहीं आ रहा था। वह साँस लेती हुई लाश की तरह पड़ी थी। हरीश की हँसी फुर्र हो गई थी। वह केवल हम लोगों का मुँह ताकता और चुप रहता। फ़ादर मारक्विज़ रोज़ सुबह-शाम दुआ करने आते। फिर वह गलियारे में जाकर गुरू से बतियाने लगते। वह अक्सर बौनिया सेन का रोना रोते।

'आपने इस बार बहुत ज्यादा चार्ज किया।' फ़ादर मारक्विज़ कहते।

'कहाँ बिशप!'

'और ऊपर से एडमिशन में न जाने कितना धरा लेंगे।'

गुरू हँसते रहते।

'आप बहुत पॉलुशन फैलाते हैं।' कहते हुए फ़ादर विदा लेते।

गुरू अन्दर आकर समाधिस्थ। अगर मिस एलिजबेथ आ गई होतीं तो चौचक। नहीं, काक-चेष्टा, वको ध्यानं।

गुरू मरीज़ की तरफ़ आँख उठाकर कभी नहीं देखते। दरअसल, वे केवल अपना ही जीवन, अपना ही शरीर बीमारी-हिमारी से दूर रखते हैं। इसके प्रति वह नितान्त सजग हैं। अपने शारीरिक नेम-धरम में वह किसी प्रकार की कोई ग़लती नहीं करते। अत्यन्त कठोर और स्वार्थी और डरपोक। दिन भर में दसियों बार अपनी नाड़ी पर हाथ रखते हैं। लेटने पर अगर हृदय की धुकधुकी कानों में बजने लगे तो तुरन्त करवट बदल लेते हैं। लेकिन दूसरे के जरा-मरन के बारे में घोर दार्शनिक। 'मौत से कौन बच सकता है', वह कहेंगे और अपनी सुन्दर गोरी बाहें हवा में लहराएँगे।...इधर धीरे-धीरे आख़िरकार गुरू ने मिस एलिजबेथ की सख़्ती तोड़ने में कामयाबी हासिल कर ही ली है। अब वह मुस्कुराती हुई आती हैं और तखत या कुर्सी पर बैठ जाती हैं। गुरू

इस बीच तरह-तरह की लसदार बातों से मिस एलिजबेथ के सुन्दर होने की तारीफ़ कर चुके हैं। शुरू-शुरू में वह फूँक-फूँककर कदम रख रहे थे। जब कोई बात कहते तो अदेखी निगाहों से भाँपते होते कि मिस एलिजबेथ पर इसका क्या असर पड़ा। मिस एलिजबेथ उठतीं और ग्लूकोज़ की टिप-टिप साधने लगतीं। गुरू समझ लेते की बातें ठीक-ठिकाने पर हैं।

'कालिदास ने पार्वती के सौन्दर्य की एक उपमा छोड़ दी।' रात के बारह बजे गुरू ने कहा।

'मैं दोनों को नहीं जानती।'

'पार्वतीई...भोलेशंकर की प्रिया।' गुरू बोले।

'हम यह संसार छोड़ चुके हैं मिस्टर।' मिस एलिजबेथ ने एक भोली चेतावनी के स्वर में कहा।

'कहाँ छोड़ चुकी हो! तुम इसी दुनिया में हो। और पार्वती की तरह ही हो। उन्होंने भी तप किया, 'तुम भी तपस्विनी हो।' गुरू बोले।

मिस एलिजबेथ ने मुस्कुराती आँखों से गुरू को देखा।

'तुमने मध्य प्रदेश में कार या बस से कभी सफ़र किया है?'

'मैं वहीं की हूँ।' मिस एलिजबेथ ने पहली बार राज़ खोला।

'तो तुमने देखा होगा—सड़क के किनारे-किनारे, दोनों ओर—अक्सर टेढ़े-मेढ़े गाँठदार, कुबड़े, खोखलवाले पलाश के पेड़ों को ज़रूर देखा होगा। पूरे साल उन पर नज़र नहीं जाती। बल्कि आदमी सोचता है कि इतने कुरूप और छायाहीन पेड़ यहाँ क्यों हैं? लेकिन अप्रैल अन्त आते-न-आते उनकी छटा बदल जाती है। सड़क के दोनों किनारों पर जैसे आग लगी हो। अग्निवर्णी गुच्छों से समूचा पेड़ भर जाता है। बल्कि सारा वन-प्रदेश और घाटियाँ और छोटे-मोटे शिखर। लेकिन मैं जो बात कह रहा था वह दूसरी है।' गुरू ने गहरी निगाहों से ताका।

मिस एलिजाबेथ रात के लगभग एक बजे दत्तचित्त।

'तुमने देखा होगा कि पलाश पत्ते उतारता जाता है और गेरुए फूल ओढ़ता जाता है। अन्त में बिल्कुल निष्पर्ण, लेकिन फूलों से लदा हुआ।

तो सौन्दर्य निष्पर्ण होने में ही है। तभी उसका अन्तःपुर सच्चे अर्थों में खुलता है।'

'ओह, मैं जाती हूँ।' मिस एलिजबेथ उठ खड़ी हुईं।

'अरे-अरे, देखो मुझे सोना नहीं है और मैं मरीज़ से बहुत डरता हूँ।' गुरू भी उठकर खड़े हो गए।

'तो मेरे बैठने की एक शर्त है।'

'हाँ-हाँ।'

'मैं बाइबिल से कुछ पढ़ती हूँ, आप सुनिये।' मिस एलिजबेथ कमरे से बाहर निकल गईं।

थोड़ी देर में वे बाइबिल का गुटका लिए लौटीं। उन्होंने गुरू को मुस्कुराकर देखा और एक जगह से खोलकर पढ़ना शुरू किया—

" 'आप कहाँ जा रहे हैं प्रभु?' सिमोन पीटर ने पूछा।"

" 'जहाँ मैं जा रहा हूँ, वहाँ अभी तुम नहीं आ सकते। लेकिन बाद में तुम मेरा अनुगमन करोगे।' ईसा ने जवाब दिया।"

'यही तो...' गुरू ने टोका, 'यही तो मैं कहता हूँ।'

'क्या?' मिस एलिजबेथ भौंचक्की रह गईं।

'कि हमें एक ही तो जीवन मिला है!' गुरू थोड़ा रुके।

'तो?'

'क्या तुम्हें नहीं लगता कि जीवन के रस से तुम वंचित रह गईं? कि एक वक्त आएगा जब तुम्हारे चेहरे पर सिर्फ़ झुर्रियाँ होंगी। क्या तुम्हें नहीं लगता कि तुम्हारा जीवन अकारथ बीता? तब पछताने से कुछ नहीं होगा—कुच्छ भी नहीं।' गुरू उठे और मरीज़ के बेड को प्लास्टिक स्टैण्ड से ढाँकने लगे।

मिस एलिजबेथ आँखें फाड़कर उन्हें देखती रहीं। फिर झटके से बाहर निकल गईं। नर्सेज़ रूम में दो नर्सें आगे की टेबिल पर सिर रखे सो रही थीं। मिस एलिजबेथ ने कहा कि उनकी तबियत गड़बड़ है, वे जा रही हैं। वे लिफ़्ट से नीचे उतरीं और नर्सेज़ क्वार्टर में गईं। अपने कमरे में जाकर वे मुँह के बल बिस्तर में गिर गईं। 'हे प्रभु, मुझे क्यों त्याग दिया? हे प्रभु...!' वे लगातार हिचकियों के बीच बुदबुदा रही थीं।

इधर गुरू घूमे तो कमरा ख़ाली था। वे बाहर निकले और गलियारे में टहलते रहे। वे नर्सेज़ रूम तक गए और पूछताछ की। उन्होंने कहा कि ग्लूकोज़ की टिप-टिप उनसे नहीं सधती। अतः कोई देखे। फिर वे सुबह तक ऊबते रहे। सुबह जब हरीश आया तो उन्होंने कहा कि वे लगातार रातों को जागते थक चुके हैं। अब सन्त प्रसाद या सेत्ताराम से कहो।

हरीश ने श्रद्धा-गद्गद भाव से उनका शुक्रिया अदा किया, 'इतना कौन करता है गुरू!' उसने कहा।

5

हरीश की पत्नी घर लौट आयी है। ज्योंही उसे होश आया, 'लुम्बिनी' के निदेशक ने 'रिलीज़ ऑर्डर' निकलवा दिया। सभी लोग अचम्भित। हरीश ने गुरू से कहा कि बिशप से कह दें तो गुरू मौन। उन्होंने ईसाइओं को एक लम्बी गाली दी और कहा कि बिशप घोर साम्प्रदायिक है।

'मैं खुद मिलूँ? चिरौरी कर लूँगा गुरू! बाकी अस्पताल तो नरक हैं। और नर्सिंग होम में डालने की मेरी हैसियत नहीं।' हरीश ने फ़ोन पर कहा।

'अरे, नहीं—ऐसा करना मत। बिशप तुम पर कुत्ते छोड़ देगा।' गुरू ने कहा।

'वो लोग ऐसा क्यों कर रहे हैं गुरू! मैं 'बिल' भरने के लिए तैयार हूँ।' हरीश बोला।

' 'बिल' भरने से कुछ नहीं होता। वहाँ के अपने कायदे-कानून हैं। और भीड़ कितनी है। आख़िर और भी तो मरीज़ हैं कि तुम कोई ख़ुदा हो?' गुरू ने हड़का लिया।

'नहीं गुरू, ख़ुदा कौन है!'

'और मरना-जीना तो लगा रहता है।' गुरू ने समझाया।

हरीश ने फ़ोन रख दिया। लेकिन वह नहीं माना, गया बिशप के पास। और जब से लौटा है, सिर थाम के बैठा है।

लोग आते हैं तो बैठक में आता है और वैसे ही बैठ जाता है। बीच-बीच में चौड़े-माथे का पसीना पोंछता है और अजीब-सी आवाज़ निकालता है। सब लोग एक-दूसरे का मुँह ताकते हैं।

'कोई ऐसी-वैसी बीमारी तो नहीं है?' सन्त प्रसाद पूछता है।

'नहीं यार, वो बात नहीं।' हरीश कहता है।

'तब?' मैं पूछता हूँ।

'तुम घर ही में हो न?' हरीश एकाएक चिन्तित होकर पूछता है।

'हाँ, तो। मगर क्यों?'

'घर में ही रहना।'

सब एक-दूसरे को देखते हैं। हरीश मज़ाक के मूड में तो नहीं है। तब?

'नहीं, बाहर जाना ठीक नहीं है। गड़बड़ है। बहुत गड़बड़ है। कुछ भी हो सकता है। तुम पर कोई भी इल्ज़ाम आ सकता है। किसी पर भी। नहीं, संग-साथ ठीक नहीं। दरअसल, दुनिया एक हिलता हुआ पर्दा है। तुम देख सकते हो कि मुर्दे की बगल में कोई संभोग-रत है। तो तुम यही कहोगे कि पर्दा हिल रहा है। अनरीयल, अनरीयल...तुम चिल्लाओगे।' हरीश बड़बड़ाता है।

राम सागर उठ जाने का इशारा करता है।

सब लोग कुछ-न-कुछ करते ही हैं। सन्त प्रसाद पढ़ाता है। सेत्ताराम विधि-व्याख्याता है। राम सागर बैंक में है। सिंह साहब 'कोचिंग' चलाते हैं। किसी की कोई ऊपरी आमदनी नहीं है। सभी कतर-ब्यौंत करते हैं। इधर तानते हैं तो उधर उघार हो जाता है, उधर तानते हैं तो इधर। कभी-कभी ज्यादा तानते हैं तो चादर चर्र-से फट जाती है। उस पर

पेवँद साटने के लिए कोई साफ़ टुकड़ा भी नहीं मिलता। तब उसे उसी तरह खुला छोड़ देते हैं। उघार-नाँगट जैसी भी चल रही है ज़िन्दगी, चल रही है। हरीश की हालत और भी खराब है। लेकिन गुरू? सबके गृह-जंजाल की ओट में वे खेलते हैं। पूरे मलूकदास, लेकिन क्या ठाट हैं उनके! गुरू के पास एक लम्बी सूची है–जो आबकारी में हैं, आयकर में हैं, कस्टम में हैं। नेता और नेताओं के बाप। और पार्टी का साया। एकवस्त्रा नहीं हैं गुरू कि कुछ झलक मार जाए। आँखी गड़ाए रहिए, निष्फल रह जाएँगे। बेतार के तार जुड़े हैं और गुरू की तहबाजारी बँधी है? क्यों बँधी है? पता नहीं कौन, कब, कहाँ पटक दिया जाए! तब कहाँ जाओगे बच्चू! गुरू अतिरिक्त शक्ति-केन्द्र हैं जहाँ से सब कुछ चालू होता है। पता लगा, सुबह-सुबह 'मठ' के द्वारे कारें ही कारें खड़ी हैं। यह जोगियों के आने का समय नहीं है। कभी-कभी इस 'कुबेला' नया लल्लू भटक आता है तो गुरू चिढ़ जाते हैं। लेकिन वह दुम दबाए अन्तःपुर की ओर निकल जाता है। अब गुरू एकदम लिथड़े हैं। मध्य के धुर दाएँ।। वे भीतर जाकर गुरु गोल्वल्कर का पुराना पत्र निकालते हैं और मजमें में लहरा देते हैं। अब गुरू की वाणी पर साक्षात् सरस्वती आ बिराजी हैं। सवर्ण साहबों को गुरू अपनी वाणी का तेज दिखा रहे हैं, 'देखिए भाई, जनता के 'मिथक' की रक्षा होनी चाहिए। वही सर्वोपरि है। इतिहास क्या कहता है, वह बेकार है। इतिहास तो घास-भूसा है। तथ्यों से समाज नहीं चलता। अब अयोध्या के बारे में जनता का 'मिथक' क्या है? यह कि वहाँ भगवान राम पैदा हुए थे। हुए थे या नहीं, यह दीगर बात है। इस पर तो सोचना ही नहीं है। जनता कहती है कि भगवान राम वहीं अवतार लिए। तो लिए भई! इसे मान लो और ढहा दो मस्जिद को। तर्क की जरूरत क्या! सब टण्टा खतम। लेकिन नहीं, यह साम्प्रदायिकता है। साम्प्रदायिकता कहाँ से आ गई भाई।' गुरू भाष्य प्रस्तुत करते हैं। सामने वाला चित्त। ऐसा सहज विश्लेषक तो दुर्लभ है!

'आपको तो 'सरसंघ संचालक' होना चाहिए' कोई कहता है।

गुरू हीं-हीं करते हैं।

सखाराम भी लगभग मलमूकदास हैं। वे भी गुरू की नकल करना चाहते हैं। लेकिन गुरू, गुरू हैं। सखाराम क्या खाकर उनकी नकल करेंगे! इसमें भी कसूर गुरू का ही है। उन्होंने ऐसी रपटीली राह दिखाई जिस पर सखाराम चल नहीं सकते। कोशिश ज़रूर करते हैं, लेकिन गुरू के पासंग भी नहीं। **'बहुत कठिन है डगर पनघट की'**—कभी-कभी जब सखाराम का ज़िक्र चलता है, राम सागर सुर बाँधकर इसे गाने लगता है। सखाराम को लाल रंग दिखाने का काम भी गुरू ने ही किया। और फिर सखाराम को यह रंग इतना भाया, इतना भाया कि गुरू भी चकित। सखाराम जी गुरू की तरह निर्गुनिया नहीं हैं। वे सगुणवादी हैं—मननशील, गम्भीर और भावुक और सचमुच सरल। लेकिन गुरू ने उन्हें रस्सी की तरह बट दिया। अब लो, सखाराम जी को सभी ओर सिर्फ़ एक ही रंग दिखाई देने लगा—गहरा सुर्ख़...लाल। पेड़-पौधे, प्रकृति, घर-द्वार, सड़कें, आदमी—सब उसी रंग में रंगे हुए। यहाँ तक की भैंस भी सखाराम को उसी रंग में दिखाई देने लगी। नतीजा कि सखाराम ने गाँव की अपनी ही जमींदारी पर धावा बोल दिया। डोम-धरिकारों को लाकर अपने पिताजी के सामने ही रातों-रात उनके झोंपड़े छवा दिए और बगीचे के कोने में लाल झंडा गाड़कर, लुंगी लगाए सखाराम सिधरी मछरी का झोल हाँड़ी में पकाने लगे। तब गुरू के पिता एक दिन छड़ी धारे गुरू के यहाँ पधारे।

'का हो, ई सखाराम भस्मासुर कबसे होइ गएँ?' गुरू के पिता जी ने पूछा।

गुरू हँसते-हँसते दोहरे।

'तोहरे करनी हौ ई सब। अपने त ठाट से हौ अउर ओके डोम धरिकारन के बीचे में झोंकि दियो।' पिता जी बोले।

गुरू ने एक चिट पर पिता जी को कुछ लिखकर पकड़ाया। पिताजी कम सुनते हैं। उन्होंने खोल कर पढ़ा—

सुर्ख़रू होता है इन्सां ठोकरें खाने के बाद
रंग लाती है हिना पत्थर पे घिस जाने के बाद

'त सखाराम सुर्ख़रू होत हैं!' पिता जी बोले।

'लौट आएँगे।' गुरू ने चिल्लाकर कहा।

'एक ठो ऊ का—बन्देइआ[1] पंसेरी का सव-जातरा निकारे रहें हो।' पिता जी हँसे।

'का?' गुरू मधुर-मधुर उन्मुख हुए।

'कहत हैं कि पाँच सेर बन्नी कम अहै। मजूरन के पेट काटत हैं हम लोग। पाँच सेर नहीं, अब पनरह सेर देबे के परी। त एक ठो बिमान बनायेंन सखाराम, आ ओही पर बनदेइआ पंसेरी के लहास धरिन। ओके सफेद कफ़न ओढ़ाके तौन अपने दुआरे कँइती सव-जातरा निकारेन—राम नाम सत्त है...। आगे-पीछे ऊहे सब डोम-धरिकार आ अपन मँगलुआ हरवाहो ओहिमाँ सामिल होइगा रहा।' पिता जी ने विस्तार से बताया।

'चिन्ता जिन करें।' गुरू ने हाथ के इशारे से बताया।

उसके बाद?

इधर पिता जी घर पहुँचे, उधर सखाराम का परवाना पहुँचा—अनुशासनहीनता के अपराध में लाल रंग की सदस्यता स्थगित। जाँच होगी। छः महीने किसी भी सार्वजनिक कार्यक्रम में भागीदारी बन्द। कोई भी नीतिगत टिप्पणी बन्द। क्यों भई, क्यों? सखाराम चकाचौंध में। सबके मुँह बन्द। सखाराम पूछें तो गुरू सुपारी कतरने लगें। तब सखाराम ने भनभनाकर इस्तीफ़ा दिया और दारू की शरण ली। दिन रात दारू और दारू और दारू। एक दिन बारह बजे रात घर से खूब जमाकर सखाराम पान खाने निकले। पान की दूकान पर खड़े ही थे कि उधर से एक हाथी आता हुआ दिखा। महावत मस्ती में बैठा हवा ले रहा था। हाथी को देखते ही सखाराम को ताव आ गया। 'मेरी गली

---

1. बनदेइआ पंसेरी = खेतहीन मजूरों को अनाज-मजूरी देने वाला पाँच सेर का पुराना बाट। बन्नी माने मजूरी। बन्नी + देइआ = बनदेइआ।

में और बिना मुझसे पूछे?' सखाराम ने पान वाले से कहा और हाथी को आता हुआ देखते रहे।

'इसकी हिमाक़त तो देखो छोटे गुरू!' पान वाले ने रद्दा जमाया।

हाथी जब बहुत पास आ गया तो एकाएक सखाराम दौड़े और उन्होंने दोनों हाथों से उसका सूँड पकड़ लिया...'धत्त् तेरी माँ की...मेरे इलाके में हलने की हिम्मत'—सखाराम भिड़ गए। हाथी ने समझा कोई बच्चा खेल रहा है। वह अपनी सूँड़ की फुनगी से सखाराम को चूमने लगा। सखाराम अपना चेहरा कभी इधर करें, कभी उधर। पान की दुकान पर खड़े तमाशबीन एकदम से डर गए। पान वाला उतरा और कई लोगों ने दौड़कर जैसे-तैसे सखाराम को अलग किया।

'कल से इधर से रास्ता बन्द।' सखाराम लोगों की बाहों में झूल रहे थे।

'जाने दीजिए छोटे गुरू!' पान वाले ने कहा।

'ये पार्टी दफ़्तर नहीं है, ये मेरा इलाका है—समझे।' सखाराम चीख़े।

'हाथी माफ़ी माँग रहा है छोटे गुरू!' एक आदमी ने कहा।

'माफ़ी तो माँगनी ही पड़ेगी।' सखाराम बोले।

बहुत सारे लोगों की तरह सखाराम भी गुरू के ही मारे हुए हैं। हारकर सखाराम ने भी गुरू की राह पकड़ी। गुरू के पास एक साथ अनेक, कलक्टर, कमिश्नर, नेता-परनेता रहते हैं तो सखाराम भी एकाध को 'साध' लेते हैं। गुरू कहीं नहीं जाते। तक के, थाह के, समय देख के ऐसा तुक्का मारते हैं कि कभी खाली नहीं जाता और घर बैठे 'माल' आ जाता है। लेकिन सखाराम को यह हुनर नहीं आता। वे भिनभिनाते हैं। लग लेते हैं। जान को आ जाते हैं। दरबार के मसखरे की तरह पेश आते हैं। जद्यपि कि सखाराम में ज्ञान और वाणी का हुनर है लेकिन उन्हें अपने पर भरोसा नहीं। और भी कई हुनर हैं। अच्छा-से-अच्छा

फ़र्नीचर जो सखाराम गढ़ दें, कोई पेशेवर कारीगर भी क्या खा के बनाएगा। जूते वे गाँठ लेते हैं। जोगियों का सारा समाज उन्हीं की बनाई चप्पलें पहनता है। सखाराम सचमुच के कलाकार हैं लेकिन दुनिया के पचड़े में इस ढलती बेला ऐसे फँसे कि सब कुछ बिगड़ गया। तो वे भी अब हाथ से छूटती ज़िन्दगी को दुनियाबी तरीके से पकड़ने के फेर में गुरू का अनुकरण कर बैठे हैं। जो अफ़सर हाथ लगा उसी से चिपट गए। शेर-ओ-शायरी, दारू और किचेन। पाकशास्त्र का जो हुनर उनके हाथों में है वही सबसे ज़्यादा काम आता है। अफ़सरों की बीवियाँ भी उँगली चाटती रह जाती हैं। इसी में कुछ काम बन जाता है। अफ़सर जहाँ-जहाँ जाता है, सखाराम का भी वहीं जैसे तबादला हो जाता है। गुरू की तरह हर नये आदमी को फाँसना और पटाना उनके बूते का नहीं है। सो, घर-द्वार, बाल बच्चे त्यागकर शहर-बदर होते रहते हैं। रात को एक बजे जब अफ़सर शेर-ओ-शायरी और उनकी ज्ञान-गरिमा से थक-हारकर अपने अन्तःपुर में लौट जाते हैं तो सखाराम बोतल काँख में दबाए किचेन की ओर बढ़ते हैं। वहीं फ़र्श पर आसन लगता है। गिलास में दारू और बचा-खुचा खाना। सब कुछ ख़ुद ही परोसकर सखाराम गिलास उठाते हैं और बोलते हैं—'चीयर्स'। फिर जब नशा उन्हें झुलना झुलाने लगता है तो सखाराम सधे सुर में गुनगुनाते हैं—

सजनी, हमहूँ राजकुमार

'इस बीच गुरू मेरे काम को लेकर बहुत खुश हैं। पुरानी बातों का पिटारा उन्होंने खोला ही नहीं। जैसे स्मृति-विहीन। उस दिन जब मैं बगल वाले शर्मा जी के घर में घुसा था और अब तक के ये दो बरस समय के गर्भ से जैसे ग़ायब। जैसे उसके पहले का कल और आज। इस बीच वे सिर्फ़ 'काम की बातें' करते हैं। और वह भी 'ठीहे' पर बुलाकर। जमावड़ा बन्द है। शायद गुरू को डर है कि उधर जाऊँ तो यार की गली में ढुक न लूँ। गुरू कहते हैं, सभी व्यस्त हैं। सन्त प्रसाद गाँव के फेरे लगा रहा है। सेत्ताराम मुकदमे लड़ रहा है। राम सागर लोकगीत इकट्ठे कर रहा है। सिंह साहब 'कोचिंग' के नये एडमिशन में

लगे हैं। 'दे आर ऑल फ़ालेन मेनू'–गुरू ठेका लगाते हैं। और हरीश? वह पागल हो जाएगा–पागल! ज़िन्दगी की जलती सच्चाइआँ नहीं समझता। और तुम? घूरपुर में काम बन्द है। कौशाम्बी में ठप्। करछना में कोई मीटिंग नहीं। आदिवासियों में वह पाँड़े बाँभनवाद चला रहा है। और वह भी पार्टी के नाम पर। 'लेवी' नहीं आई। अग्रवाल फ़ाइबर ग्लास को ठीक करना है। मजूरों का हक मारता है। बोनस में लफड़ा कर रहा है। आमरण अनशन पर बैठना होगा। नया लल्लू? एकदम मउगा है। डाक तो लगा नहीं सकता, आमरण अनशन पर बैठेगा! कविताएँ हगता-खाता है। लेकिन तुम? तुम तो पहले ही से मरे हुए हो। टिन्ना के उठोगे और धड़ाम-से ढेर। इसीलिए कहता था। लेकिन ख़ैर। अग्रवाल से तो मैं निपट लूँगा–**'बिनु छाने लोहू पिवै, पानी पीवै छानि'** गुरू तिड़तिड़ाते हैं।

मैं चुपचाप सुन रहा हूँ।

'तुम्हारा जीवन तो व्यर्थ गया!' गुरू बोलते हैं।

मैं चुप।

'अच्छा, तुम भदोही देखो।' एकाएक जैसे उनको यह बात सूझी हो।

'भदोही?' मैं चौंका।

'बाल श्रमिकों को मुक्त कराना है। सूचना यह है कि पलामू जिले के लगभग तीन हजार बच्चे काम में लगे हैं। बँधुआ हैं। उम्र आठ बरस से सोलह-सत्रह तक। एक बच्चा एक कालीन तीन माह में तैयार करता है। मिलता क्या है? साढ़े चार सौ रुपट्टी। खाने को खेसारी की दाल और घोड़ा-चावल। तुम पूछोगे, सोलह-सत्रह से ज़्यादा क्यों नहीं? पन्द्रह साल तक आते-आते आँखी से आन्हर। नाखून घिसकर लगभग ग़ायब। अँगुलियाँ ठूँठ, कोढ़ियों जैसी। खेसारी की दाल खान से घुटने दस साल में टेढ़े। झुंड के झुंड मचकते हुए बालकों को देखना हो तो पलामू के गाँवों में जाओ। लेकिन भदोही में ढूँढ़ना बड़ा कठिन है। माफ़िआओं के सरगाना हलने नहीं देते। पार्टी चुपचाप तमाशा देखती है। गुंडई है सरासर। लेकिन गुंडई कहाँ नहीं है? पूरा समाज गुंडा हो गया है। अतः

बिल्कुल जासूस की तरह बरतना पड़ेगा। एक बार हल जाओ और 'लिस्टिया' लो तो स्वामी मित्रवेश को बुलाते हैं। खटिया खड़ी कर देंगे सालों की! जानते हो, एक बच्चा जो क़ालीन तैयार करता है, अन्तर्राष्ट्रीय बाज़ार मे उसकी कीमत क्या है? पचार हज़ार से एक लाख़ तक। भद्दा शोषण है एकदम। और हम राजनीति करते हैं?' गुरू जैसे निर्मल-चित्त ऋषि की उत्तेजना में थे।

मुझे खलीफ़ा की याद आने लगी। गुरू के घर में काम करने वाला दस-बारह साल का बच्चा। मरियल। आँखें पीली। हाड़-हाड़ लगा हुआ। गुरू की बड़ी बेटी हर छठे महीने एक नौकर भेजती है। बाँसगाँव में डाक्टर है। धन्धा चल निकला है। पेट चीरकर बच्चा निकालने में माहिर। पूरा नर्सिंग होम है। तो गँवई-गाँव का कोई दुधमुँहाँ बच्चा—बाग बगीचों में कबड्डी खेलता, टिकोरे बीनता, ख़ूब लू में नदी-तालाब में घंटों बुड़की मारकर नहाने वाला, ताज़ा-ताज़ा अँखुआया हुआ, बड़े-बड़े ढेंढ़र वाली आँखें, जिनमें उसकी माँ कड़ू तेल में पारकर बनाया हुआ काजल आँजे रहती है—एकाएक एक दिन गुरू के चौबारे सिटपिटाया हुआ आकर खड़ा होता है। गुरू उसे ऊपर से नीचे तक भाँपते हैं, फिर बोलते हैं, 'जाओ खलीफ़ा अन्दर।' कुछ भी नाम हो, गुरू के चौबारे आते ही हर बालक खलीफ़ा हो जाता है। फिर कुन्ती जी की 'ट्रेनिंग' शुरू होती है। 'मेरी' को कैसे नहलाना है। कब-कब बाहर ले जाना है। चाय-पानी, बाज़ार से सब्ज़ी लाना। बनिये की दुकान। गुरू का पान। गुरू का चूना। गुरू की सुपारी। गुरू के मेवे। फिर आटा माँड़ना। बर्तन माँजना। कूकर कैसे चमकाना। चटनी कैसे पीसना। सारे घर का झाड़ू-पोंछा। और अन्त में कामदेव (गुरू का पौत्र) से खेलना। शुरू-शुरू में खलीफ़ा नहा-धोकर, पिछले खलीफ़े के कपड़े पहन, बालों में तेल डाल, कंघी कर इतराता है, ख़ुश होता है। 'मेरी' को नहलाने-धुलाना, घुमाना-टहलाना, हगाना भी उसे अच्छा लगता है। ऐसी झबरी कुतिया तो उसने गाँव-गिराँव में कभी देखी ही नहीं। वह

उसे प्यार से गोदी में भरकर उठा लेता है।—वह साँवला-सलोना, इकहरा, कृष्ण-कन्हैया, जिसे सभी अब 'खलीफ़ा' बुलाते हैं।

'हमार नाँव कन्हैया हउए।' बच्चा शुरू-शुरू में ज़िद्द करता है।

'इहाँ सब खलीफ़ा होते हैं सारे! ज्जा।' गुरू कहते हैं।

अब वह 'खलीफ़ा' की टेर पर पूरे घर में दौड़ता रहता है। कहाँ तो वह आम की बगिया में लेटा-लेटा पके आमों को एकटक निहारता रहता था। अब गिरा कि तब गिरा। कहाँ अब एक मिनट को फ़ुर्सत नहीं। दिन भर चाह-पानी। गुरू का पान। बनिये की दुकान। शैव्या के चुइंगम। कामदेव की टॉफ़ी। 'मेरी' की देखभाल। अपने यहाँ तो कूकुर को 'आतूऊ-आतूऊ' सबेरे-संझा बुलाते हैं कौरा लेकर। लेकिन यहाँ तो 'मेरी' को पानी। 'मेरी' को दूध। 'मेरी' को रोटी। 'मेरी' का साबुन। खलीफ़ा थककर चूर। दोपहर को अन्दर वाले बरामदे की दीवार की छाँह में लेटते ही नींद में गिर जाता है खलीफ़ा। तभी कामदेव जी 'कूलर' की हवा से ऊबकर बाहर आते हैं और खलीफ़ा को सोता हुआ देखकर सीधे उसकी छाती पर सवारी कस लेते हैं।

'दिन में छोते हो? उथो।' कामदेव जी खलीफ़ा का कान पकड़कर खींचते हैं।

बच्चा गहरी नींद से भौंचक जागता है और छाती पर सवार गौर-वर्ण कामदेव जी को टुकुर-टुकुर निहारता है। उसका बदन टूटने लगता है। न नींद पूरी, न जागरण।

'उथो, नहीं तो तुम्हाले मुँह में 'शू-शू' कलते हैं।' कामदेव जी मूतने की मुद्रा में खड़े होते हैं।

खलीफ़ा झपटकर उठ जाता है।

कामदेव जी मगन-मन हँसते हैं।

इसी तरह शाम होती है। फिर रात, खाना-पीना, चौका-चूल्हा, बर्तन-बासन निपटाते ग्यारह बज जाते हैं। तभी गुरू आवाज़ देते हैं। ढीली जाँघ कल्लाती है। खलीफ़ा हाथ-मुँह पोंछता हुआ आता है।

अब चरण-चम्पन चल रहा है। गुरू अपनी जाँघ की जड़ में इशारा करते हैं—और नीचे, और नीचे, हाँआँ। खलीफ़ा अब उँगलियाँ फोड़ता है। सोचता है, चलो अब छुट्टी हुई। तब तक गुरू पेट के बल उलट जाते हैं और कमर दबाने को कहते हैं। फिर गुरू बोलते हैं—और नीचे, और नीचे। लड़का नितम्बों पर हाथ लगाते सकुचाता है। गुरू कहते हैं—और जोरे से। लड़का हथेलियों का दबाव बढ़ाता है तो गुरू के ढीले नितम्ब इधर-उधर छटकते हैं। गुरू कलोर बछिया की तरह बार-बार कमर उछालते हैं। फिर थिरा जाते हैं। खलीफ़ा भाँपता है। जब गुरू खर्राटे लेने लगते हैं तो वह धीरे से उठता है। बाहर बरामदे में 'मेरी' अपनी सेज पर सोई है। वह एक बार सिर उठाकर देखती है और फिर अपने पंजों और झबरे बालों में थूथन छिपा लेती है। लड़का बगल में नंगी फर्श पर गिरता है। उसे अपनी रीढ़ और पँखुरे की हड्डियाँ नींद में भी गड़ती हैं। वह बार-बार इस करवट उस करवट होता है।

कुछ ही दिनों में खलीफ़ा अस्थिपंजर। जब भी पुकारा जाता है वह किवाड़ का पल्ला पकड़े आदेश का इन्तज़ार करता है। गुरू उसे ध्यान से देखते हैं। उठकर भीतर जाते हैं।

'कुन्ती जी, मुझे लग रहा है, खलीफ़ा को पीलिया है।' गुरू बोलते हैं।

'इतना तो भकोसता है।' कुन्ती जी बोलती हैं।

'जरा बाहर आँगन में ले जाकर इसकी आँखें देखिए तो।' गुरू कहते हैं।

कुन्ती जी खलीफ़ा को आँगन में ले जाती हैं। आँखें उलट कर देखती हैं।

'पीली तो हैं आँखें। लेकिन वो तो पहिले से थीं।' कुन्ती जी कहती हैं।

'पीली हैं?' गुरू घबराकर पूछते हैं।

'हाँ भई!'

'कल से कामदेव को दूर ही रखिए।...साला अहिर-गँड़ेर!' गुरू भुनभुन करते हैं।

'कैसा तो बरधँक्खा है! जैसे सोखा की आँखी।' कुन्ती जी न जाने तारीफ़, कि डर, कि नफ़रत में बोलती हैं।

रात को गुरू बेटी को फ़ोन करते हैं।

'ये नहीं चलेगा। बिल्कुल निकम्मा है। दूसरा नौकर लेकर आओ। इसे दफ़ा करो।'

'क्या सोच रहे हो?' गुरू ने मुझे चुप देखकर कहा। 'सोचो मत। सोचना बन्द कर दो। दिमाग़ी फ़ितूर से सिर्फ़ घुटन होती है। जो अन्यायपूर्ण है, जो ग़लत है उसका विरोध होना ही चाहिए। चाहे वह अपने घर में ही क्यों न हो! चाहे अपने साथ ही क्यों न हो। यही मौका है, जब तुम अपना चरित्र सुधार सकते हो। तुम्हें पता नहीं क्या हो गया है! इतने दिन का मौका दिया तुम्हें! तुम्हारे जैसे लोगों को ही सिरफिरा कहते हैं। सोचने और उत्तेजित होने की कतई जरूरत नहीं। ये चीज़ें अकेला करती हैं तुम्हें। कुढ़न पैदा करती हैं। रुकावट पैदा करती हैं। तुम एक ठूँठ की तरह बाज़ार में खड़े रहोगे जिस पर कौवा भी नहीं बैठेगा। धँस लो इस महादलदल में। संसार को थहाओ और दाँव देते हुए पार निकल जाओ। दूसरे के वार का इन्तजार मत करो। मार दो, मसल दो। चुप रहना ख़तरनाक है। हार को बर्दाश्त करना सीखो। चलो, उठो।' गुरू उठा खड़े हुए।

मैंने हरीश के घर पर जोगियों को ये बातें बताईं। कोई हँसा नहीं। सभी एक-दूसरे को देखते रहे।

'मीमांसा...मीमांसा।' सन्त प्रसाद चिल्लाया।

'मैं मरने के पहले एक वसीयत करना चाहता हूँ।' हरीश ने माथा पकड़े कहा।

'कुछ माल-पानी है भी?' सेत्ताराम बोला।

'नहीं, मीमांसा के बारे में।'

'क्या?' मैंने पूछा।

'कि सत्य की विजय कभी नहीं होती।' हरीश ने कहा।

सभी लोग दंग।

'और मैं एक माफ़ीनामा लिखना चाहता हूँ—हलफ़ उठाकर।' राम सागर ने कहा।

'किसके लिए?'

'अपने बच्चों के लिए।'

'बोलो, माफ़ीनामा भी।' सन्त प्रसाद कहता है।

'मेरे बच्चो, मैंने एक ही पाप किया कि तुम्हें ईमानदार बनाया। और तुम लोग भुगत रहे हो। और अब कुछ नहीं हो सकता। बहुत देर हो चुकी है। मुझे माफ़ कर देना।' राम सागर कहता है।

'अधेड़ होकर हम इस नतीजे पर पहुँचे हैं कि दुनिया सिर्फ़ लूटने का नाम है।' सिंह साहब बोले।

'लूटो भाई, लूटो।' सेत्ताराम सुर्ती फटकारते हुए कहता है।

'मीमांसा...मीमांसा!' हरीश चिल्लाता है।

'गुरू...गुरू!' सन्त प्रसाद का ठहाका।

चरित्र सुधारने का यही एक मौका है—गुरू ने कहा था। मैंने झोला उठाया और भदोही के लिए रवाना। बनारस के रास्ते पर चलो तो बिल्कुल गाँव-गिराँव में सड़क के किनारे अचानक बड़ी-बड़ी आधुनिक कोठियों का जंगल दिखाई पड़ता है। चौरस और हरे-भरे खेतों, बाग-बगीचों के बीच-बीच में अत्याधुनिक साज-सज्जा और बड़ी-बड़ी कारों के संग लेटी हुई इमारतें भ्रम पैदा करती हैं कि हम कहाँ आ गए। दफ़्तर में डेरा जमाकर मैंने दो-चार लोगों का पता किया तो वे मुस्कुरा दिए। मैंने पूछा, कारखाना कहाँ है, तो बताया गया—कहीं नहीं, और हर

जगह। इसका मतलब? मतलब कि खाते-पीते सारे किसान परिवार अपने घरों में कालीन बुनते हैं। हर घर कारखाना है और नहीं भी है। वे सूता, ऊन, रंगा, राँपी, ठट्ठर,—सारे ज़रूरी सामान मालिक से ले आते हैं और ठेके पर काम करते हैं।

'बाल श्रमिक कहाँ हैं?' मैंने पूछा।

'कहीं नहीं। कहाँ हैं?' उल्टे उन्होंने सवाल किया।

'कहाँ साहब, लफड़े में आप फँस गए!' रात को मूँछों वाले एक अधेड़ कार्यकर्ता ने खाना परोसते हुए कहा।

'कैसा लफड़ा?' मेरे मुँह में कौर जाते-जाते रह गया।

'चारों ओर मालिकों के गुंडे फैले हुए हैं।' उसने कहा।

'तो?'

'आपने पूछा और दफ़्तर फुँका।'

'मतलब कि बाल-श्रमिक हैं।' मैंने कहा।

'हैं तो। हर घर में हैं।'

'तब?'

'आप पूछेंगे तो कहेंगे, मेरा छोटा वाला बेटा है। हाथों में क्या हुनर पाया है! आप मुँह ताकिए।'

'तो हम वल्दियत के लिए ज़िद करेंगे।' मैंने अँचवते हुए कहा।

'तो आपके सिर पर लट्ठ पड़ेगा।'

'क्यों?'

'बोलेंगे कि का हमारे घर में दोगला बसते हैं?'

मैंने काम शुरू किया—कालीन के रंग-रूप, डिज़ाइन, बुनावट को देखने के बहाने। निर्यात के एक व्यापारी के रूप में। हर घर के भीतरी आँगन में कहीं दो, कहीं चार, कहीं दस लड़के बुनने में लगे हैं। मैंने कहा कि मैं अभी रंगों और डिज़ाइन की जानकारी चाहता हूँ। लड़के मुझे सकपकाई नज़रों से चुपचाप देखते। फिर मैं गौधूल में ताल के किनारे

चक्कर काटने लगा। कभी इक्का-दुक्का, कभी पाँच-सात बच्चे दिशा-फ़रागत के लिए आते। उनसे बात करने की कोशिश करता तो वे गाँव की ओर से आने वाली पगडंडी की ओर देखने लगते। अन्ततः एक फूटा और उसने सारा भाँडा फोड़ा। मैंने चार गाँवों में बड़ी मशक्कत से इकसठ बच्चों की सूची तैयार की और बस पकड़ गुरू के चौबारे।

'जम गया मामला!' गुरू खिल उठे।

मैं चुप।

'स्वामी जी को बुलाते हैं।' उन्होंने कहा।

स्वामी जी आए और छापामार शैली में बाल-श्रमिकों को मुक्त कराया गया। अख़बारों में पन्ने-पर-पन्ने भर गए। जहाँ देखो, स्वामी जी के साथ गुरू की हँसती तस्वीर। बच्चों को उनके माँ-बाप के सुपुर्द किया गया। मुक्ति-संग्राम का यह काल-खण्ड मेरे जीवन का सबसे सुनहला समय है। इसके चार महीने बाद मैं जाँच-पड़ताल के लिए एक दिन चुपके से भदोही पहुँचा और दफ़्तर न जाकर, अँधेरा घिरने पर सीधे तालाब के किनारे। वहाँ बहुत सारे लड़के इधर-उधर नज़र आए। संयोगवश उनमें कटउरी भी था जिसे मुक्त कराया गया था।

'तुम फिर यहाँ कैसे?' मैंने उसे धर लिया।

'का करींई?' उसने कहा।

'क्यों?'

'राउर नेताजी आ मालिक लोगन के बीचे सुलह-सपाटा नू हो गइल। त मालिक बाबू के दलाल जी गइलन आ लिया अइलन। अउरियो लइका आइल बाड़न सन। रउआँ[1] सभें का पासे कवनो काम त बा ना। त हमनी के मुँहें के कवर छीने के कवन जरूरत रहल। रउआँ सभें बड़का नेता बानी। हमनी के त एगो पेटे न बा। त हमनी का पेट पर लात काहें मारतानी...जाईं एइजा से आ अपना बड़कवा नेता जी से पूछीं जे दलाली ऊ खइहन आ पेट पर लात रउआँ हमनी के मारब?' वह झटपट दूसरी ओर भाग गया।

1. रउआँ = आप लोग। आदरवाची। (राजकुल–राअउल–राउल–राउर–रउआँ)

मैं काफी रात गए तक इधर-उधर बाग-बगीचों, खेतों की मेड़ों पर भटकता रहा। दफ़्तर पहुँचा तो अधेड़ कार्यकर्ता हड़बड़ा गया।

'आप फेर काहें?' उसने कहा।

'सुलहनामा क्या हुआ?' मैंने बैठते हुए पूछा।

'ई तो वहीं जा के पूछिए। और मेरी गुजारिश है कि आप अभी बस पकड़ लीजिए। चलिए, उठिए, आपको फिकिर नहीं है तो हमें तो है। आपके बाल-बच्चे सुरच्छित हैं, हमारे तो नहीं हैं।' वह उठ खड़ा हुआ।

शहर में उतरा तो रात के ग्यारह बजे थे। रास्ते में हरीश का घर पड़ता था। प्यास लगी थी और थकान भी। दरवाज़ा खटखटाया तो हरीश ने ही खोला।

'आइए, आइए—तशरीफ़ रखिए,' वह हँसा, 'अरे भाई, सुनती हो—कालीन जी आए हैं।' उसने अपनी पत्नी को हाँक लगाई।

मैं चुपचाप बैठा रहा।

'मेरे पास भी छोटा-मोटा ड्राइंग रूम है और सन्त प्रसाद के पास भी। एकाध कालीन इधर भी भिजवा दीजिए।' उसने कहा।

'क्या बकवास कर रहे हो?' मैं झुँझलाया।

'बकवास? मैं कर रहा हूँ? जाकर गुरू के भीतरी बरामदे में देखो। चार कालीन गोलिया कर रखे हैं। एक बड़ी बेटी के यहाँ गया। एक छोटी के दहेज में जाएगा। बाकी के नये घर में शोभित होंगे। बकवास! लो, पानी पियो!' हरीश ने कहा।

मैं उठा और बिना कुछ बोले निकल गया।

कुछ दिनों बाद गुरू ने मुझे 'ठीहे' पर बुलाया और कहा, 'भदोही रहने दो। तुमसे नहीं होगा। अभी तुम्हारा 'बुखार' उतरा नहीं है। तुमको प्लानिंग नहीं आती। तुम तो गोड़ दोगे।'

6

आजकल नया लल्लू अन्तःपुर में ज्यादा रहने लगा है। अब वह 'जमावड़े' में नहीं बैठता। हमारी सलाद की प्लेट से टमाटर उठाकर नहीं टूँगता। अब वह जोगियों के सुरुआ के लिए भीतर से कटोरियाँ लेकर मुस्कुराता हुआ नहीं आता। पहले गुरू का आदेश पाने और बजा लाने के लिए वह चौचक-चौकन्ना रहता था। इधर राम सागर गाँजे की कली मलता होता, उधर नया लल्लू गुरू के कबाड़ से पुराने बाध नोचकर, उसके टुकड़े करता, फिर गोल-गोल लपेटकर खूबसूरत गंजियाँ बनाता। तीन-चार गंजियाँ बनाकर वह एक छोटी-सी प्लेट में रख देता। जोगड़े एक गंजी चिलम पर रखकर काँड़ी लगा देते और फिर दम मारते। चिलम के ऊपर जब 'लप्प' उठती तो जोगी का कलेजा गाँजे के धुएँ से तर हो जाता। वह तुरन्त चिलम संगत में आगे बढ़ा देता। नया लल्लू मन्द-मन्द मुस्कुराता रहता। वह बताता कि मूँज की जेंवर की गंजियाँ वह अपने पिता की लिए बनाया करता था। उन्होंने ही सिखाया। लेकिन ज्वाला जगने के बाद वे 'बम् शंकर, काँटा गड़े न कंकर' नहीं बोलते थे।

'फिर क्या बोलते थे?' सेत्ताराम चिलम थामे-थामे पूछता।

'जो न पिए गाँजे की कली, उस लड़के से लड़की भली।' नया लल्लू बताता।

'तुम्हारे पिता ठीक ही कहते थे।' सेत्ताराम हिक़ारत से बोलता।

'क्यों?' नया लल्लू चौंकता।

'लप्प उठाओ न! नहीं ठीक कहते थे तो।' सेत्ताराम चिलम उसकी ओर बढ़ाता।

'नहीं।' नया लल्लू हाथ के इशारे से मना करता।

'गुरू ने इसे भी मेहरा बना दिया है।' राम सागर लप्प उठाते हुए, धुएँ की फुँफकार छोड़ते हुए कहता।

'इसे भी माने?' हरीश पूछता।

जब हँसी का ठहाका लगता तो नया लल्लू उठकर भीतर चला जाता।

'गुरू ने ठीक से सवारी अभी कसी नहीं।' सन्त प्रसाद बोलता।

'अरे, जाने दीजिए।' सखाराम अपना परम्परागत हिक़ारत भरा जुमला फेंकते।

लेकिन ये पहले की बाते हैं। नया लल्लू अब गुरू के अन्तःपुर से कम ही निकलता है। भीतर ही लसा रहता है। भउजी उसके लिए कभी चाय, कभी शर्बत, कभी खाना-पीना पूछ-पूछकर करती रहती हैं। उन्हें कोई नया छोकरा मिल भर जाए, सौ जान से निछावर हो जाएँगी। तन-मन की सुध भूल जाती हैं। उसी की नींद सोना, उसी की नींद जागना। इस रस में न जाने क्या-क्या मिला रहता है। वात्सल्य कि कुछ और? व्याख्या नहीं हो सकती। नया लल्लू अन्तःपुर में घुसा नहीं कि भउजी हाजिर। बस, उसका मुँह जोहती रहती हैं। नया लल्लू भी रसिया है। शैव्या किताब लिए बैठी है और वह निरख रहा है। तरह-तरह की रस-भरी बातें करने में नया लल्लू उस्ताद है। अपनी लम्बी गर्दन में अक्सर मफ़लर लपेटे रहता है। चेहरे पर मेहरपन भरी

हँसी है। पुरुबिया है। बातों में लड़ियाता है। चौड़ी फरफर मूँछों में मुस्की काटता है। शैव्या उसकी बातों को ग़ौर से सुनती है। नये लल्लू को शैव्या के सुनने में रस मिल रहा है। लेकिन उन दोनों से ज्यादा रस मिल रहा है भउजी को। वे प्लेट में खाने-पीने का सामान रख जाती हैं और भीतरी बरामदे में कुर्सी डालकर बैठी रहती हैं। जब वे दोनों हँसते हैं तो भउजी अकेले-अकेले मुस्कुराती हैं। आँगन का खुला आसमान मुस्कुराना देखता है—और कोई नहीं। कमरे में जब सन्नाटा हो जाता है तो भउजी ऊभ-चूभ होने लगती हैं। वे फट से किसी प्लेट में काजू-किशमिश रखकर दाख़िल होती हैं। वे देखती हैं कि लड़का-लड़की दोनों गम्भीर हैं।

'का हुआ भाई? तूँ लोगन चुप काहें हो?' भउजी पूछती हैं।

'कुछ नहीं मम्मी।' दोनों एक साथ बोलते हैं।

शैव्या भी भउजी को मम्मी ही कहती है। अपनी माँ को भी। सभी बच्चों की दो माँएँ हैं। यह घर भी अजीब है। गुरू वसुदेव भी हैं और नन्द बाबा भी।

'गुरू अन्ततः गुरू हैं।' सन्त प्रसाद बोलता है।

इधर नया लल्लू भनाभन कविताएँ करने लगा है। कविताओं में पुरुबिया लोक-कथाओं की अनुपम गन्ध है। बल्कि लगता है, लोक-कथाओं ने अवतार ग्रहण कर लिया है। पुरुबिया शब्दों और मुहाविरों की रसभरी भरमार है। जैसे कोलुहाड़े में अँजुरी रोपे हों। गटागट रस कंठ के नीचे उतरता जाता है।—यह गुरू की प्रशंसा का भावानुवाद है।

'बस, थोड़ी हरी मिर्ची में कल्हारी हुई घुघुनी[1] की जरूरत है गुरू!' राम सागर कहता है।

'क्यों?'

---

1. घुघुनी = हरी मटर।

'बैलेंस करने के लिए।'

'हँअूँ...हँअूँ।' गुरू मुँह बा के गले में फँसी हुई हँसी बाहर निकालते हैं।

दरअसल गुरू ने नये लल्लू को आसमान पर चढ़ा दिया है। वह उनकी चिट्ठी-पत्री करता है। बैंक से चेक भुना लाता है। कटरे से सर-सामान, राशन-पानी रिक्शे पर लादकर घर ले आता है। समय-कुसमय साइकिल पर गैस का हंडा लादे लाइन में लगा दिखाई देता है। खलीफ़ा खाली नहीं होता तो चौराहे से गुरू के लिए पान के चोंगे बँधवा लाता है। शैव्या को यूनिवर्सिटी पहुँचा आता है। उसके लिए रंग और ब्रुश और कैनवस् और उसी के साथ लुके-छिपे सलवार-कुर्ते का सेट...। शैव्या जब नया सेट पहन के निकलती है तो गुरू के चेहरे पर वात्सल्य रस हिलोरें लेने लगता है। नये लल्लू के साथ दूर तक शैव्या को जाते हुए देखते रहते हैं। आँखें भरी-भरी सी। जो अँगोछा ओढ़े हैं उसी के खूँट से आँखें पोंछने लगते हैं गुरू। जोगियों में इसकी अनेक व्याख्याएँ हैं। लेकिन सिंह साहब जो बहुत कम बोलते हैं, उनकी व्याख्या निराली है।

'गुरू मँड़ियाते हैं।' सिंह साहब कहते हैं।

'मँड़ियाना—मतलब,' सेत्ताराम भकुआया हुआ पूछता है।

'कुछ शब्द ऐसे होते हैं जिन्हें भीतर-ही-भीतर बूझा जाता है मूर्ख!' सिंह साहब कहते हैं।

पूरे नगर में सनृसन् है। लोग एक-दूसरे की आँखों में वही भाव देखते हैं। नौजवानों में गजब का उत्साह है। वे अचानक ही उत्तेजित हो गए हैं। नये लल्लू की 'मंडली' अक्सर 'बैठकें' करती है। नया लल्लू वहाँ सविस्तार बखानता है। फिर सभी मिलकर इस क्षेत्र में हुई 'प्रगति' की समीक्षा करते हैं और नये लल्लू के लिए आगे का रास्ता तय करते हैं। लेकिन नये लल्लू के ढब ही निराले हैं। वह जैसे कविता में मौलिक होने में लगभग मधुमेह तक पहुँच जाता है, उसी तरह प्रेम में भी। वह नये

लड़कों की तकनीकों से सहमत नहीं है। जैसे कि धौंस, मर्दानगी, बल्ले निकालना। वह इस मामले में नितान्त प्राचीन और स्थानीय है। वह अपने को संकुचित रखता है। फूलों तक। लड़की के स्पर्श की हवा तक। गन्ध तक। शब्दों तक। फरफर मूँछों में खिली हुई हँसी तक। लड़की की लम्बी उँगलियों को एकटक निहारने तक। उसकी आवाज़ के जादू की तारीफ़ तक। और फिर भी लड़की का प्रेमोन्माद दिन-ब-दिन बढ़ता ही जा रहा है।

'क्या दुनिया है यार, अभी भी लिबलिबापन प्रेम करने का मूल मन्त्र है।' उसके दोस्त कहते हैं।

'यह लड़की एकदम अवैज्ञानिक ढंग से प्रेम कर रही है।' कोई बोलता है।

'नहीं यार, बाप के संस्कार हैं। उसने भी लिबलिब करके सारी ज़िन्दगी काट दी।' कोई कहता है।

'और क्या ठाट से काटी बाबू!' कोई और।

'अपने ढंग का माफ़िया डॉन है!' दूसरा।

'नहीं यार, इस नगर की लड़कियाँ ही ऐसी हैं।'

'क्या मतलब?'

'वे यही चाहती हैं कि उनका प्रेमी बगल में बैठा-बैठा द्रवित होता रहे।'

'यह नगर का 'कल्चर' है बाबू!' सभी हँसते हैं।

लेकिन फिर भी वे 'वाच' पर हैं और नये लल्लू को हर तरह से कामयाब देखना चाहते हैं। उनके विचार से वह नगर का सबसे विस्फोटक क्षण होगा जब नया लल्लू ले उड़ेगा। तैयारी करो। एकदम जुट जाओ। हर क्षण पर निगाह रखो। चौकन्ने। कान और आँखें खुली हुईं। कहीं ज़रा-सी चूक हुई कि गए। मामला संगीन है। एक ख़ास किस्म की चमचमाती उत्तेजना में हाँफ़ते हुए वे शहर में निकल पड़ते हैं। और यह शहर है कि इससे कुछ भी छिपा नहीं है। क्या कहा गांधी जी ने—'भारतीय समाज एक स्वच्छ दर्पण की तरह है।' यह शहर उसका साक्षात् प्रमाण है। हमारी कोई निजी ज़िन्दगी नहीं है। जजों, वकीलों,

प्रोफ़ेसरों और दार्शनिकों की भी नहीं। यहाँ पंडित जवाहरलाल नेहरू की ज़िन्दगी भी उनकी निजी ज़िन्दगी नहीं थी। यहाँ घर-बाहर एक है। पर्दे चाहे जितने भारी हों, पारदर्शी हैं। नहीं हैं तो लोगों ने उँगली से कोंच-कोंच कर उनमें बड़े-बड़े छेद कर रखे हैं। यहाँ दीवारों के सचमुच कान होते हैं और जब घना अँधेरा होता है तो उसमें कंचे जैसे चमकती दो आँखें सब कुछ देखती रहती हैं। यहाँ हर आदमी हर आदमी के जीवन में घुसा पड़ा है। और यह घुसपैठ, यह छिद्रान्वेषिता यहाँ पाप नहीं समझी जाती। निजी ज़िन्दगी की समस्या दिल्ली में होगी। वहाँ के लोग इसके लिए चिन्तित हों, हम नहीं होते।

'वी हैव नो प्राइवेट लाइफ़ बीकॉज़ प्राइवेट लाइफ़ इज़ ए सिन्।' यहाँ का एक घुन्ना दार्शनिक कहता है।

तो यहाँ जिधर जाइए, हर आदमी साला अपनी छाती में गांधी जी वाला वही स्वच्छ दर्पण चिपकाए घूम रहा है। देख लीजिए कि वे दोनों इस वक्त कहाँ हैं। उनके पैर अब किधर को मुड़े। वे किस दूकान से निकले और अब किसमें घुसे। वे कम्पनी बाग में टहल रहे हैं या मिण्टो पार्क में जमुना के किनारे। वह लड़की के साथ लैब में खड़ा है या उसके निदेशक के साथ चैम्बर में चाय पी रहा है। वह रिक्शे पर दाएँ बैठा है कि बाएँ। वह लड़की की आँखों से किरकिरी निकाल रहा है। और अब...और अब उसने आख़िरकार चूम ही लिया उसके निर्दोष नैनों को।

'ओह, तुम आकाश की तरह स्वच्छ और धुँधली हो।' वह चूमते हुए कहता है।

'इस एक वाक्य ने उस परी-सी लड़की को सदा के लिए क्षत-विक्षत और विक्षिप्त कर दिया। अब वह बच नहीं सकती।' मैंने हरीश से कहा।

'इस खेल में गुरू पिट गए।' हरीश कहता है।

'ट्रेजेडी है यार!' मैं कहता हूँ।

'हो सकता है यह खेल भी गुरू ने ही रचा हो।'

'नहीं यार।'

'तुम गुरू को नहीं जानते।' हरीश अपने चण्डूल का पसीना पोंछता है।

तभी नये लल्लू ने एक अजीब हरकत कर दी। वह प्रेम को निजी भी रखना चाहता था और सार्वजनिक भी। यहीं वह चूक गया। निजी रखना सम्भव नहीं है। वह इस शहर के स्वभाव में नहीं। इसका मतलब कि शहर में रहते हुए तुमने शहर की 'अन्तरात्मा' का ध्यान नहीं रखा। और सार्वजनिक बनाने का मतलब? कि अपने मुँह से बखाना। मत बखानो। शहर के दर्पण में तुम्हारी छवि आती-जाती रहे--उससे वह छवि सार्वजनिक नहीं होती। होती है बकने से। बछेड़े की तरह कुदकड़ा मारने से। ईमानदारी-ईमानदारी चिल्लाने से। नया लल्लू यही कर बैठा। और ज्योंही उसने यह किया, गुरू चढ़ बैठे। नया लल्लू अन्तःपुर से सदा के लिए खारिज। गुरू ने दो पंडो को लिया और नये लल्लू को रिक्शे पर जाते हुए यों दिखाया कि नया लल्लू देख ले।

'यही है।' गुरू ने उँगली सीधे नये लल्लू के रिक्शे पर साधी।

दोनों पंडों ने स्वीकृति में सिर हिलाया और आगे बढ़ गए। नया लल्लू पसीने-पसीने। उसने रिक्शा सीधे अपने दोस्त के यहाँ मुड़वाया और कई दिनों तक कमरे से बाहर नहीं निकला।

सीन कट्।

गुरू की लीला भी अजब है। ऐसे मामलों में वे दम साध लेते हैं। किसी को भनक तक नहीं लगी। दोस्त-यार, चौबारे के जोगी--यहाँ तक कि भउजी को भी नहीं।

नया लल्लू जब इस झटके से उबरा तो भड़क उठा। वह अपने को पुरूरवा से लेकर बाज़ बहादुर तक की परम्परा में देख रहा था। और यहाँ हालत यह कि शैव्या सरेआम दृश्यपटल से ग़ायब। होते हुए भी नहीं। नये लल्लू ने शहर-दर-शहर की यात्राएँ शुरू कीं। 'प्रेम के दमन' पर बाक़ायदा पंचों को बुलाकर फ़रियाद की। अरदास लगाई।

शहर-शहर में गुरू की थुड़ी-थुड़ी। गुरू जहाँ भी जाएँ, लोग घुमा-फिराकर नये लल्लू का 'केस' रखते। गुरू और उखड़ गए।

'सखाराम को पता चला तो जान से मार देंगे।' गुरू ने ताव में बक दिया।

लोग उनका मुँह देखते रहे।

'इसमें जान से मारने की बात क्या है?' एक सज्जन ने निहायत सादालौही से पूछा।

'आप शराब पीजिए और मर जाइए। आप नहीं समझ सकते।' गुरू ने झरपेटा।

लेकिन गुरू अलसेट में फँस गए। वे हमेशा तने रहते और भिन्-भिन् करते रहते। उनकी नींद हवा हो गई। अब वे हँसने का सिर्फ़ नाटक करते। उनकी कटूक्तियों का पैनापन ग़ायब हो गया और सिर्फ़ खाँव-खाँव रह गई। बैठकी होती और सुट्टे का दम लगता तो गुरू मना कर देते। उनका निठल्लापन उग्र हो उठा। वे बात-बात में सेत्ताराम या हरीश या मुझ पर खौंखियाकर चढ़ बैठते। हम लोग बातों को बूझते हुए चुप रहते या कन्नी काट जाते। गुरू की नागफाँस के बावजूद वे दोनों कहीं-न-कहीं प्रकट हो जाते। भउजी की एक हॉस्टलर भतीजी ने दूती का काम सँभाला। लम्बी और विह्वल-व्याकुलता भरी चिट्ठियों का आदान-प्रदान शुरू हुआ। शैव्या ने अपना फ़ोटो खिंचवाया और एक बड़ा-सा 'ब्लो-अप' लल्लू के कमरे को सुशोभित करने लगा। जैसे नक्काशीदार सोने के गहने पिघलाने के बाद एकसार हो जाते हैं। सिर्फ़ स्वर्ण-द्रव बच रहता है, अपनी सुनहली आभा में झिलमिल-झिलमिल करता हुआ–वही हाल प्रेम में लड़की का होता है। और शैव्या भी वही रह गई–अपनी नक्काशी के पार एक झिलमिल-सी आभा। कुछ भी जुड़ा नहीं उसमें। बल्कि प्रेम ने उसे विनष्ट कर दिया। पहले वह क्या थी और अब क्या है!–मैं सोचता और चुप रहता। छुएँ तो बचपन अब

हाथ नहीं लगेगा। सिर्फ़ एक द्रव, जो जम जाने पर ठोस और समतल और गरू। एक बार नक्काशी खंड-खंड हुई तो फिर वापस नहीं आने की। अब वह गढ़ी भी जाएगी तो कुछ और होगी। मैं क्यों चाहता था कि शैव्या अपने कुंवारेपन के 'मरुथल' में पड़ी रहे? गुरू की प्रतिष्ठा में ठेस लगने के कारण? नहीं तो।

तभी एक साँझ लल्लू मेरे यहाँ प्रकट हुआ। कहीं उस स्वच्छ दर्पण में इस साँझ हम दोनों की छाया न पड़ रही हो। मैं दफसट में। जिस दिन जोगियों को जमावड़ा नहीं होता उस शाम मैं नियम से टहलता हूँ। मैंने झट से लल्लू को साथ लिया और टहलने निकल पड़ा। कहीं गुरू का कोई हरकारा न टपक पड़े। रस्ते में काफ़ी देर चुप्पी। फिर लल्लू ने बात शुरू की। उसने शैव्या से विवाह का प्रस्ताव रखा और कहा कि मैं इसमें मदद करूँ। वह बार-बार शैव्या का ज़िक्र करता कि उसी ने भेजा है। उसी ने कहा है। वह जब भी शैव्या को बीच में डालता, मुझे कुढ़न होती। आख़िर क्यों, मैं ही क्यों? मेरा ही ज़िबह क्यों? सन्त प्रसाद का क्यों नहीं? राम सागर का क्यों नहीं? मुझी पर इतना यकीन क्यों?

'क्या सिर्फ़ इतनी सी बात है?' मैं अपने से पूछ रहा था।

मैंने नये लल्लू से कहा कि शैव्या की 'डॉक्ट्रेट' हो जाए, फिर देखते हैं।

दूसरे दिन भरी दोपहरी में जब शैव्या यूनिवर्सिटी गई थी, मैं गुरू के यहाँ पहुँचा। बिजली नहीं थी और गुरू तखत पर बैठे अउँसा रहे थे। वे थोड़ा चिढ़े भी, चकित भी हुए। उन्होंने सोचा, मैं कोई सिफ़ारिश लेके आया होऊँगा। जो काम दिया है, उसमें असफलता हाथ लगने के कारणों का बखान करूँगा। लेकिन जब मैंने उठकर बीच वाला द्वारा बन्द किया तो गुरू चौंके। मैंने यह प्रसंग छोड़कर कि लल्लू मेरे पास आया था, बाकी सब कुछ बता दिया। नये लल्लू का नया कमरा। वहाँ शैव्या का जाना। कमरे में शैव्या के 'ब्लो-अप' की बात। कहाँ-कहाँ मिलन-जुलन। बिरह-

बिथा-पत्रावली। जगहें और समय और मिलने का शिल्प।—गुरू को तो जैसे काठ मार गया। वे उठकर अन्दर गए।

'शैव्या कब गई?' उन्होंने कुन्ती जी से पूछा।

लेकिन जवाब का इन्तजार किए बिना गुरू फिर तखत पर।

'ऐसी स्थिति में मुझे लगता है, यह विवाह हो जाना चाहिए।' जब मैंने कहा तो भीतर थरथरा रहा था।

और वक्त होता तो गुरू यह बात सहते? कब्भी नहीं। लेकिन वे मुझे दुःख और क्रोध से सिर्फ़ देखते रहे। जैसे अँकारी से गेंहुवन को कोंच दिया गया हो। और वह बीच से दो फाड़ हो गया हो। और उसका फन बाहर निकला हो—धूल में लिथड़ा हुआ...ठण्डा। मैंने सोचा, उठूँ और चल दूँ। मुझे वह बात याद आई—सखाराम को पता चला तो जान से मार देंगे। पता नहीं गुरू क्या रचना रच दें।

'वह मेरी लड़की को बाज़ार में चढ़ा देगा देवनाथ! वह बार-बार हर जगह मेरा नाम लेगा—हर परिचय में। यह फलाँ की बेटी है। और कीमत बढ़ाएगा। बेंचेगा। उसके 'टैलेंट' को खाएगा और मस्ती करेगा।' गुरू बिफर पड़े।

इस बीच गुरू ने गुन लिया कि उन्हें क्या करना है। एक हफ़्ते बाद ही मालूम हुआ कि गुरू ने अपने द्वारा निर्मित चक्रव्यूह में घेरकर दोनों को पीस दिया है। जब वे थोड़ा निश्चिन्त हुए तो उनके चेहरे पर एक हत्यारी मुस्कान खेल रही थी। अब मेरा दख़ल उन्हें चुभ रहा था। वे अपने को छोटा महसूस कर रहे थे—हारा हुआ, उघड़ा हुआ, निपट नंगा। उन्हें लग रहा था, भरे बाज़ार उनकी इज्ज़त उतर गई हो। उनके परिवार का कोढ़ कोई क्यों लखे! अब चाहे जितना सलीका बरतें, इस पर चन्दन मल के महमह नहीं कर सकते गुरू—मैंने सोचा। मैंने उनकी बड़ी बेटी के मामले में भी उनके अनजाने ही उनकी मदद की थी। एक नामी लफंगे से उसके सारे पत्र और फ़ोटो वापिस करा दिए थे और गुरू को कभी नहीं

बताया। बाद में परछत्ती पर सफ़ाई के दौरान गुरू को वे पत्र प्राप्त हुए तो इसका राज़ उन्होंने कुन्ती से पूछा। कुन्ती जी ने भउजी की तरफ़ इशारा किया और भउजी ने मेरे वहाँ न होते हुए भी मेरी तरफ़।

'जिसे तुम लम्पट कहते हो, वही तुम्हारा काम करता है। और काम करके डींग भी नहीं हाँकता।' भउजी ने कहा।

'लम्पट तो है ही वह हरामज़ादा! उसे क्या पड़ी थी!' गुरू ने पिच्च से मोरी पर थूका।

'अब चाहे जो कहो।' भउजी भुन्न-से कीं।

'रस लेता है, रस। और मेरे परिवार में?' गुरू ठनके।

गुरू ने तय कर लिया कि इस पर चन्दन लेपेंगे। मेरे भीतर से इसे मिटा देंगे। कैसे मिटा देंगे? इस बार तो बातचीत, प्रस्ताव, ज़िबह—सबमें गुरू ने मुझे शामिल किया है। जैसे ट्रेड-यूनियन का काम वैसे यह। मेरे भीतर छपे हुए 'मिनिट्स' को कैसे धो-पोंछ देंगे? मैं बँहक रहा था मन-ही-मन। रंगदारी झाड़ रहा था। देखते हैं। चिढ़ने दो। ऐंठने दो। वह भी तो जानें, जो बिना बात दूसरों के मामलों में टँगड़ी फँसाना अपना जन्मसिद्ध अधिकार समझते हैं।

उस दिन दोपहरी थी। एकान्त था। बिजली न होने की बजह से 'ठीहा' लगभग खाली था। मई का महीना। बेयरे ऊँघ रहे थे। मुख्य-द्वार के हिलते पर्दों से बाहर धूप रह-रह कर चमका मारती थी। हम दोनों कॉफ़ी सुड़क रहे थे और पसीने-पसीने हो रहे थे। सौन्दर्य या रस या स्त्रियों पर कुछ बात चल रही थी—रुक-रुककर। तभी गुरू के भीतर वह बात कौंधी और अपनी बेटियों के मामले में मुझे जड़-मूल सहित उखाड़कर फेंकने का उद्दम गुरू ने कर दिखाया। बात के कौंधते ही गुरू मुस्की मारने लगे।

'ये जो पतिव्रता स्त्रियाँ होती हैं न देवनाथ, एकदम सिट्ठी होती हैं—सिट्ठी।' गुरू ने अचानक बिना किसी प्रसंग के कहा।

मैं भौंचक।

'कोई रस नहीं होता', गुरू ने उँगली नचाई, 'ज़िन्दगी हराम हो जाती है। उनके संग। ये कुन्ती जी क्या हैं? या तुम्हारी पत्नी? दान में मिली हुई बछिया जैसे। किस काम की? एँ? फट्ठे की तरह पड़ी हुई। और ऊपर से चढ़ी रहती हैं। लद्दू घोड़ा बन जाता है आदमी। जीवन-भर वही बना रहता है। इन्होंने एक बार रकाब में पैर डाला और किसी तरह उचककर चढ़ गईं तो समझो नरक। उतरेंगी नहीं। अब तुम्हारा जीवन क्या है? लद्दू घोड़े भी नहीं हो तुम। खच्चर हो, खच्चर। और ये औरतें नमक का बोरा भी नहीं कि नदी-नारा हेलते भच्च से बैठ जाओगे तो ये गल जाएँगी और तुम हल्के और फरहर होकर उठोगे और दुल्की लेने लगोगे।'

'इसका भाष्य गुरू?' मैंने हँसते हुए पूछा।

'भाष्य? भाष्य यह कि वह औरत ही क्या जो प्रेम-रस के निषिद्ध फल को एक बार न चखे। जिन्हें तुम सतभतारी कहते हो न, वही असली स्त्रियाँ हैं। रस तो उन्हीं में है और सौन्दर्य भी और मुक्ति भी। उन्हीं का 'रिसीवर' ठीक से काम करता है। क्या व्यक्तित्व निखर कर आता है! यह क्या चूतियापा है, यह जो अक्षत-योनि है?' गुरू जैसे चिढ़ में बुलबुला उठे।

'गुरू ने यह कौन-सी स्थापना की?' मैंने सारी बातें बताते हुए सन्त प्रसाद से पूछा।

सन्त प्रसाद हँसा और हँसता रहा।

'क्यों? हँस क्यों रहे हो?' मैंने कहा।

'गुरू यह बताना चाह रहे थे कि साले, तुम क्या समझते हो, मेरी बेटियाँ चरित्रहीन हैं? वही हैं असली औरतें। उन्होंने जो कुछ किया उसी में जीवन का असली तत्व निहित है। यह मत समझो बेटा, कि तुम कोई ऐसी बात जानते हो जो नितान्त गोपनीय है। तुम फूलो मत। तुम मेरा

और परिवार का कुछ नहीं उखाड़ सकते। तुमको मेट रहे थे गुरू। तुम्हारी जानकारी को निरर्थ कर रहे थे। उनका मंतव्य यहाँ तक था कि यह समझ लो कि मैं सब कुछ जानता था और चुप क्यों था। तुम कुछ भी अतिरिक्त नहीं जानते। वे यहाँ तक गए कि उनकी बेटियाँ क्षत-योनि से ही सार्थक हुईं, न कि गले में पति का ढोल लटकाकर। लेकिन यह बात भी गुरू की धोखे की टट्टी है। इसका 'सृजन' करके गुरू तुम्हें घटनाओं में से मेट देना चाहते हैं। यह नहीं कि गुरू प्रगतिशील विचारों के हो गए। नहीं, वे वैसे ही हैं—अन्धे और दकियानूस। वे बस इतना ही चाहते हैं कि कहीं, कुछ टस से मस न हो। 'मठ' बना रहे। तुम्हें जो कहें, बस उतने से काम रखो। आगे कदम न बढ़ाओ। गुरू रहें और गुरू का मजा रहे। लड़की डोली में नहीं तो कार में ससुराल जाए। प्रेम-विवाह के लिए आकुल न हो। अगर होती है तो गुरू कुचल देंगे।' सन्त प्रसाद ने कहा।

और सचमुच गुरू ने यही किया।

गुरू पानदान ले के तखत पर बैठे हैं। उनकी घेरेबन्दी कामयाब हो गई है। अब सब कुछ ठीकठाक है। लेकिन कहाँ ठीकठाक है? शैव्या कमरे में आती है और गुरू की ओर पीठ करके मेज़ पर कुछ ढूँढ़ रही है। शायद कोई ब्रुश या स्केच-पेन। उसके दाहिने बाजू दीवार पर उसकी रची हुई एक बड़ी-सी पेन्टिंग टँगी है। उसमें स्त्रियाँ ही स्त्रियों के भीतर बैठी हैं। कोई घूँघट काढ़े, कोई खुले सिर, कोई बाँहों से अपने स्तनों को ढाँकने में दोहरी होती हुई...लेकिन सभी एक दूसरे के भीतर। शैव्या एक बार नज़र उठाकर अपनी 'कृति' को देखती है। क्यों? लेकिन गुरू की नज़र उसकी सुतवाँ, खूबसूरत, लम्बी पीठ पर है। वहाँ से बिछलती हुई नीचे आती है। गुरू कुछ 'मार्क' करते हैं। पहले के छरहरे और दुबले नितम्ब अब भरे-भरे, पुष्ट। क्यों भई? गुरू की कल्पना बेलगाम होती जा रही है।

'रंडी!' गुरू के मुँह से निकलता है।

शैव्या घूमकर उन्हें घूरती है और दूसरे कमरे में चली जाती है।

एकाएक गुरू बेकाबू हो जाते हैं। वे पानदान पटककर उठते हैं और दूसरे कमरे में दाखिल होते हैं। वहाँ शैव्या वैसी ही खड़ी है—माँ को घूरती हुई। जिन्होंने गुरू के वचन सुने थे और चुप थीं। और चुप हैं। शैव्या की पीठ पूर्ववत है और गुरू उसके बिल्कुल पीछे खड़े हैं। शैव्या को इन्तज़ार है कि माँ कुछ बोलेंगी। एकाएक गुरू पर जुनून सवार हो जाता है।

'हाँ-हाँ, रंडी, रंडी—हजार बार रंडी! लेःलेःलेः!' गुरू शैव्या के कोमलतम अंगों पर प्रहार करते हैं। फिर व्यभिचार की दुर्गम भाषा पर पिल पड़ते हैं। और अन्त में शैव्या को छोड़ते हुए अपनी गाली का ब्रह्मास्त्र इस्तेमाल करते हैं। ऐसी गाली जिससे किसी भी स्त्री की आत्मा का भ्रूण खण्ड-खण्ड होकर, कालिख से पुता हुआ, अधजला लेकिन मृत—इस पृथ्वी पर यहाँ-वहाँ गिरेगा। बच नहीं सकता। कुछ भी बचेगा नहीं।

एक भयावह चीख़ उठती है और शैव्या पछाड़ खाकर माँ के पास बिस्तर में मुँह के बल गिर जाती है।

'ए भाई, ई सब का होत बा ऽ ऽ'। चीख़-चिल्लाहट सुनकर भउजी दौड़ी हुई आती हैं।

'अच्छा...त अब तूँ छिनार, बीच-बचाव करे आई हो?' कहते हुए गुरू आँगन में उतर जाते हैं।

'तोसे बड़ छिनरा के रे?' भउजी भी आँगन में उतरती हैं।

'तुम्हीं तो हँढ़वाती थीं—ए छिनरा से।' गुरू अपने प्रजनन अंग की ओर इशारा करते हुए अपनी कमर को चाक की तरह नचाते हैं।

'आ हमरे भतार से तूँ जौन मरउअल खेलत रहल ऽ...रोजे-रोज, तौन का भुला गइल ऽ ऽ?' भउजी भी आवाज़ ऊँची करती हैं।

'चोप्प।' और गुरू फिर अपना ब्रह्मास्त्र दूसरी बार चला देते हैं। पहली बार शैव्या पर और अब भउजी पर।

और नतीजा? वही, जो शैव्या का हुआ। भउजी सन्न। आँखें

फटी-फटी। पलटकर अपने कमरे की ओर भागती हैं और अरराकर बिस्तर पर गिर जाती हैं।

गुरू मोरी में थूकते हैं और अपने कमरे में आकर आसन पर विराजमान।

शैव्या वैसी ही पड़ी है, मुँह के बल—कुचली हुई, मर्दित। आत्मा स्पन्दहीन। लेकिन पीठ रह-रह कर हिचकियों में काँपती है। अब वह कभी नहीं उठेगी। वह जो चमचम कटार की तरह थी। उसकी धार एक ही बार में मुर्दार हो चुकी। अब वह जीवित-मृत है। मरण, जो हजारों कोस दूर अभी खड़ा है।—उसमें पैठ चुका है। अब कोई मोल नहीं धरती का। अब वह पड़ी रहेगी कहीं भी—निर्वाक् और निर्गम्। अब वह अपनी 'कृति' में समा गई है—उन्हीं स्त्रियों के भीतर अपने को छिपाने का असफल प्रयास करती हुई।

अब वह कभी नहीं लौटेगी।

और उधर भउजी हैं—डँहक डँहक रोती हुई।

कोई नहीं है इर्द-गिर्द। बन्द आल्मारियों में प्रसाद जी की चिर-संचित किताबें हैं—बेरस, झाँकती हुई।

'हमार सँवाङ्[1] मू[2] गइल त अब जौन मन करे तौन कह ऽ। गारी द ऽ। मारअ।' वे अखंडित विलाप में खंड-खंड सुबक रही हैं।

और गुरू? उन्होंने अपना पानदान फिर खींच लिया है। फुँह्... फुँह्—वे बीच-बीच में आवाज़ निकालते हैं। जैसे कोई साँड़ मैदान बीच दूसरे को पछाड़कर लौटा हो और अपने थूथन से धूल-मिट्टी झाड़ रहा हो—फुँह्...फुँह्!

---

1. सँवाङ् = पति। (सर्वाङ्ग) समागम करने वाला
2. मू = मर जाना (मृत, म्रुत (दक्षिण में)—मुअ—मू)

7

इधर गुरू ने सिविल लाइन्स में मकान ख़रीद लिया है। इस नाले से उठ जाएँगे गुरू। अन्तरंग सजाने वाला विशेषज्ञ आजकल सजावट में लगा है। भदोही से आए कालीन वहाँ सज गए हैं। बेटा दिल्ली जाकर कार ख़ुद चलाकर लाया। 'मारुति' में जगह कम होती है, अतः गुरू के आदेशानुसार 'एनी' ख़रीदी गई। हरीश कहता है, 'तीन सजे-बजे बँगले, शोफ़र-ड्रिवेन कार एण्ड विथ ऐ हेवी बैंक-बैलेंस वाक्स आवर गुरू ऑन अर्थ।' गुरू इस पर हँसते हैं। पहले दिन गुरू 'मेरी' को लेकर 'एनी' में हवाखोरी को निकले। 'मेरी' शीशे के भीतर से लगातार राहगीरों को भूँकती रही। खलीफ़ा उसका पिछला पैर पकड़े था और कामदेव जी कान। गुरू ने घोषणा की कि गृह-प्रवेश पर नये घर में जश्न होगा। कुछ लीडर लोग। हाईकोर्ट के जज। कुछ ट्रेड-यूनियन के चिरकुट। और बाकी जोगी समाज। लेकिन जोगियों ने कहा कि नहीं–जोगियों के संग कोई और नहीं। गुरू नये घर में नया जश्न करें। अब हमारा 'मठ' उजड़ रहा है। हो सकता है, कल यह संरक्षित पुरातात्त्विक अवशेष बन जाए। गुरू सरहपाद की कितनी कथाएँ बचें, कितनी लुप्त हो जाएँ। अतः इस 'मठ' का अन्तिम 'जमावड़ा' यहीं, नाले पर ही होगा।

'नये घर में 'मठ' नहीं बन सकता गुरू!' सन्त प्रसाद ने कहा।

'सब कुछ यहीं था।' राम सागर बोला।

'सब कुछ!' गुरू थोड़ा भावुक हो गए।

उगी हुई जगर-मगर साँझ है। तिकोने लॉन की घास कतर दी गई है। एक हरा गलीचा जैसा बिछा है। हल्के छिड़काव से सोंधी ख़ुशबू उठ रही है। बेंत की कुर्सियाँ गोलाकार लगी हुई हैं। एक ओर गुरू का तखत-सिंहासन है। गहरे हरे रंग की चादर बिछी है और रंग-बिरंगे, गाव-तकिए रखे हैं। बड़ी-सी तिपाई हमेशा की तरह बीच में। वहीं गिलासें, बरफदानी और तरह-तरह के चिखौने। परिवार नये घर में चला गया है। अतः निर्जन है। न 'मेरी', न कामदेव, न खलीफ़ा। सखाराम जी दोपहर से ही कच्छा मारकर तरह-तरह के मसाले भून रहे हैं। मुर्गा और मटन और कलेजी और तली हुई मछली। सारा आँगन महमह कर रहा है। गुरू ने आज टेंट खोल दी है। 'काला घोड़ा' की तीन बोतलें एक ओर पड़ी हैं। पहले चार थीं लेकिन अब एक गायब है।

'स्कॉच' तो बरफ में चूसते हैं, पीते नहीं।' सखाराम जी बरामदे में झाँककर कहते हैं, 'बरफ कम पड़ेगी।'

गुरू सड़क की ओर देखते हैं जिधर से अवधूतों का दल पधारने वाला है।

सबसे पहले सन्त प्रसाद, सेत्ताराम और हरीश आते हैं। उसके थोड़ी देर बाद राम सागर और सिंह साहब।

'और वो व्यभिचारी कहाँ रह गया?' गुरू कहते हैं।

'आजकल डिप्रेशन में है।' सन्त प्रसाद कहता है।

'डिप्रेशन क्या, अभी 'डिपू-डिपू' करेगा।' गुरू हँसते हैं।

'कतल की रात है भाई, कतल की।' हरीश ऊँची आवाज़ में हाँक लगाता है।

'क्यों?' सन्त प्रसाद पूछता है।

'देख नहीं रहे हो, सखाराम जी लुंगी खूँटे भीतर डँटे हैं।'

'जै हो, जै हो।' सभी ओर से आवाज़ें आती हैं।

तभी देवनाथ का 'ट्रक' आकर खड़ा होता है। सभी लोग चुप। सन्नाटा। सखाराम जी बरामदे से झाँककर दुआ-सलाम करते हैं और मटकी मारकर भीतर चले जाते हैं। देवनाथ फाटक खोलकर लॉन में दाख़िल होता है तो एक ठहाका। वह अपने आगे-पीछे देखता है और मुस्कुराने की कोशिश करता है।

'पहले कली हो जाय' राम सागर गुरू से पूछता है।

'हो जाय' गुरू बोलते हैं।

राम सागर हथेली पर गाँजा मलता है। गुरू अन्दर जाकर चिलम और पुराने झौखड़ बाध उठा लाते हैं। सिंह साहब गंजियाँ बनाने के लिए बाध को झटक-झटक तोड़ते हैं।

'नया लल्लू गंजियाँ बहुत अच्छी बनाता था।' सिंह साहब बोलते हैं।

गुरू सटक जाते हैं।

'गुरू हो, ई बाँस काहें खड़िआए हो?' सेत्ताराम पूछता है।

'लौकी चढ़ाने के लिए।' गुरू कहते हैं।

'अब यहाँ लौकी कौन खाएगा?' राम सागर बोलता है।

गुरू ठिनिक-ठिनिक हँसते हैं।

सन्त प्रसाद, देवनाथ एक-दूसरे को ताकते हैं।

'क्या है?' सन्त प्रसाद देवनाथ से पूछता है।

'दुर्गन्ध उठ रही है।' अचानक देवनाथ बोलता है।

'दुर्गन्ध?' सन्त प्रसाद फूऊऊह् करके ज़ोर से हँसता है।

'बसना उठ रहा है—बसना।' देवनाथ फिर दुहराता है।

'नाले में हलहला के पानी छोड़ा है।' गुरू कहते हैं।

'पहले मैं भी यही समझता था।' देवनाथ कहता है।

सभी उसको देखने लगते हैं।

'तो नाक में रुई ठूँस लो, जैसे मुर्दों के ठूँसी जाती है।' गुरू चिड़चिड़ाते हैं।

'तब भी नहीं जाएगी।' देवनाथ बोलता है।

'कतल की रात है, आज कतल की रात है।' हरीश की सुई जैसे वहीं अटक गई है।

सखाराम जी एक ट्रे में ढेर सारी कटोरियाँ सजाते हुए लॉन में उतरते हैं। एक बड़ी प्लेट में भुनी हुई कलेजी है।

'आज खड़े मसाले का सुरुआ है। गिलासें उठाइए भाई!' सखाराम बोलते हैं।

'पहले गुरू 'लप्प' उठाएँगे।' राम सागर मन्द-मन्द मुस्कुराता है।

'जिनिगी भर तो लप्-लप् करते रहे, अब 'लप्प' उठाएँगे।' सखाराम बोलते हैं।

'गुरू हो, बहुत दिन हो गए। आज स्वांग रचा दीजिए।' सेत्ताराम गुरू के चेहरे में झाँकता है।

'बेएह्।' गुरू इनकार करते हैं।

'ए गुरू, आज 'मठ' का आख़िरी दिन है।' राम सागर बोलता है।

'हाँआँ, आज तो 'परम सुतंत्र न सिर पर कोई।' सन्त प्रसाद 'मठ' के उजाड़ की ओर इशारा करता है।

सेत्ताराम उठकर भीतर जाता है। आज पूरा 'मठ' भम्भाड़ खुला है। कोई भी कहीं जा सकता है। सन्त प्रसाद अन्दर आता है। दोनों आँगन में खड़े हैं।

'यहीं से गुरू फाँदते होंगे।' सन्त प्रसाद और सेत्ताराम जोर से हँसते हैं।

'क्या है भाई?' सखाराम जी खटपट सुनकर बाहर आते हैं।

'मेरा तो आज पेट ख़राब है यार!' सन्त प्रसाद बाथरूम की ओर चला जाता है।

'और आप क्या कर रहे हैं माढव्य प्रसाद?' सखाराम चिढ़कर बोलते हैं।

'तूँ खाना पकाव ऽ ऽ...ज्जा, ज्जा।' सेत्ताराम कहता है।

सेत्ताराम 'मेरी' की दो पुरानी जंजीरें लेकर बाहर आता है।

'ये क्या?' सिंह साहब बोलते हैं।

'गुरू जानते हैं।' सेत्ताराम कहता है।

जोगी लोग बारी-बारी से दम लगाते हैं। एक अजब-से सूखे धुएँ की गन्ध हवा में तैरने लगती है।

'दुर्गन्ध कुछ कम हुई?' सन्त प्रसाद देवनाथ से पूछता है।

'नहीं।' देवनाथ कहता है।

'तब तुम 'क्रॉनिक' हो गए हो। बच नहीं सकते अब।' सन्त प्रसाद हँसता है।

'स्वांग के पहले कब्ता भी गुरू!' राम सागर कहता है।

'हाँ गुरू, आज सब तरह के स्वांग बना दीजिए।' सेत्ताराम चिरौरी करता है।

'हेह्, पहिले गिलास तो उठावौ सारे!' सिंह साहब सेत्ताराम को डाँटते हैं, 'हर बतिए में चुकुर-चुकुर।'

गिलासें भरी जाने को होती हैं। तभी सखाराम जी झाड़े-पोंछे, बरामदे में प्रकट होते हैं, 'हे...हे,' वे वहीं से हाथ उठाके चिल्लाते हैं, 'आस्ते-आस्ते। थोड़ी-थोड़ी। कोई 'जर्जर भिक्षु' नहीं है कि भरे जा रहे हैं। स्कॉच है स्कॉच। ढंग से। और पानी से नहीं, बरफ डाल के चूसिए।'

'गुरू की जै हो।' यह जोगड़ों का 'चीयर्स' है।

एक। दो। फिर तीन। चार। अब जमावड़ा सुरूर में है। गुरू की नाक की टोंटी भभक रही है। चेहरा दमदम हो रहा है। गुच्ची-गुच्ची आँखें मलक रही हैं।

'क्या दारू है!' गुरू बोलते हैं।

'अरे जाने दीजिए। दारू है! स्कॉच है कि।' सखाराम मूड़ी झटकारते हुए बोलते हैं।

सारे जोगड़े हहास मार कर हँसते हैं।

'कतल की रात है भाई!' हरीश फिर टेरता है।

'चुप सारे! नहीं तो उठ के जा और कतल करके आ।' सन्त प्रसाद कहता है।

फिर हँसी का ठहाका।

'हे गुरू, पहिले निर्गुन हो जाए।' राम सागर कहता है।

सभी उठ खड़े होते हैं। देवनाथ और सन्त प्रसाद बैठे रहते हैं। चिखौने सहित तिपाई एक ओर हटा दी जाती है और बीच का गोला स्वांग के लिए बड़ा किया जाता है।

सखाराम – (भाँवरे लेते हुए गुरू के तखत-सिंहासन की ओर बढ़ते हैं।)
देहु कलाली एक पियाला।
ऐसा अवधू है मतवाला।।

सेत्ताराम – (थिरकते हुए जाकर गुरू को अपना गिलास दिखाता है।)
हे रे! कलाली मैं क्या किया?
सिरका-सा तैं प्याला दिया!

गुरू – (गुरू भी तखत-सिंहासन पर खड़े होकर कमर मटकाते हुए बोलते हैं।)
कहै कलाली प्याला देऊँ।
पीवनहारे का सिर लेऊँ॥

कहै कलाली प्याला देऊँ।
पीवनहारे का सिर लेऊँ॥

सन्त प्रसाद – (बैठे-बैठे। मज़ाक में देवनाथ की ओर इशारा करते हुए।)
पीवनहारे का सिर लेऊँ।

गुरू और सखाराम – (गोलाई में, अपना-अपना गिलास उठाए, नाचते हुए।)
चन्द-सूर दोउ सनमुख होई।
पीवनहारा मरे न कोई॥

सभी जोगी – (केवल सन्त प्रसाद और देवनाथ आज नहीं शामिल होते।)

सहज सुन्नि में भाठी सरवै ॥
पीवै रैदास गुरुमुख दरवै[1] ॥

'वाह गुरू, वाह! क्या मजा लगाया!' सेत्ताराम कहता है।
सभी हँसते-हँसते दोहरे हुए बैठ जाते हैं।
'कुछ कम हुई?' सन्त प्रसाद देवनाथ की ओर उन्मुख होता है।
'ना।' देवनाथ मूड़ी हिलाता है।
'अब कभी कम नहीं होगी।' गुरू घूँट भरते हैं।
'जानता हूँ।' देवनाथ कहता है।

'गुरू! अब 'पछतावा' कब्ता का पाठ हो जाए।' राम सागर कहता है।

'हाँ, हो जाए।' सिंह साहब को यह कविता बहुत अच्छी लगती है।

गुरू – (राग बाँधकर) **क्यों न भयों दसरथ घर कूकुर!**
सभी जोगी – (वैसे ही) **राम-लखन जब जेंवत रहत्यैं**
गुरू – (राग में) **तक्त्यौं टूकुर-टूकुर।** (गुरू घेंचू आगे निकाल-निकालकर 'टुकुर-टुकुर' का अभिनय करते हैं।)
समवेत – (वैसे ही राग में) – **क्यों न भयों दसरथ घर कूकुर?**

राम-लखन जब जेंवत रहत्यैं
तकत्यौं
टूकुर-टूकुर।
टूकुर-टूकुर!

---

1. दरवै = दरवाज़े पर ही।

फिर एक शामिल ठहाका।

'क्या बात है यार?' सन्त प्रसाद, देवनाथ से पूछता है।

'याद आ रही होगी।' राम सागर कहता है।

'फिंर तेरे कूँचे को जाँता है ख़्यॉल।' सखाराम जी मस्ती में सिर उठाते हैं।

'इसे छोड़ दीजिए आज!' सन्त प्रसाद कहता है।

'कतल की रात है।' हरीश का सिर एक ओर लुढ़क गया है।

'गुरू, अब 'चचहरा' वाला स्वांग!' राम सागर बोलता है।

गुरू एक आज्ञाकारी बालक की तरह तुरन्त उठकर खड़े हो जाते हैं। कुर्ता और बनियान उतारकर फेंकते हैं। छातियाँ ढलक गई हैं और पेट लेंड़ाती पर थोड़ा उठा हुआ। कन्धे गिरे हुए। अजीब शक्ल है! गुरू उठते हैं और गाते हुए, सान-मटकी मारते हुए छमकने लगते हैं।

चौचक चले, चसम चमकावै
चलत-चलत बुड़री[1] खजुवावै
फिर का छिनरी ढोल बजावै?
ढोल बजावै?

शर्मा जी के घर की खिड़कियाँ बन्द हो जाती हैं। लाइट बुझ जाती है। गुरू का ध्यान उधर ही है। गुरू फिस-फिस करके हँसते हैं और फिर से नाचने लगते हैं। नाचते हुए बार-बार शर्मा जी के घर की ओर सान-मटकी चलाते हैं।

फिर का छिनरी ढोल बजावै
ढोल बजावै?

---

1 बुड़री = नाभि।

'गुरू हो, अब बूढ़े बकरे वाला स्वांग भी रचा दीजिए। सेत्ताराम इसरार करते हुआ 'मेरी' की जंजीरें लिए खड़ा है।

'धेत्।' गुरू थोड़ा शर्माते हैं।

'गुरू, आज 'मठ' का उजाड़ है।' सिंह साहब भी इसरार करते हैं।

'गुरू तो तैयारे हैं।' हरीश मूड़ी सीधी करता है।

गुरू बकइआँ होकर बूढ़ा बकरा बनते हैं। सेत्ताराम 'मेरी' वाली जंजीर गुरू के गले में बाँधता है।

सेत्ताराम – (बच्चों की आवाज़ में) इ बूढ़ा बकरा नईं है।

सभी जोगी – (देवनाथ और सन्त प्रसाद नहीं बोलते) तौ?

सेत्ताराम – इ पूसी का पूसा है।

सभी जोगी – तौ?

सेत्ताराम – बड़े जतन से पाला है।

सभी जोगी – तौ?

सेत्ताराम – इ पाती नईं खाता।

सभी जोगी – तौ?

सेत्ताराम – इ काजू-किशमिश खाता है।

सभी जोगी – तौ?

सेत्ताराम – इ मियाऊँ-मियाऊँ करता है।

गुरू – आइ एम द फ़ेमस...दियॉलजिस्ट (जैसे सोशियॉलजिस्ट, साइकॉलोजिस्ट आदि) ऑफ़ इण्डिया। मेऍह्, मेऍह्। (गुरू अन्त में बकरे की आवाज़ निकालते हैं।

'चुप साले मउगड़े!' एकाएक देवनाथ फट पड़ता है।

सारी महफ़िल का जैसे नशा टूट जाता है। सभी लोग घूमकर देवनाथ को देखने लगते हैं। गुरू अभी भी बकइआँ मुद्रा में ही हैं। वे मुँह बाए देवनाथ को ताक रहे हैं।

'क्या हुआ?' गुरू बोलते हुए गले से जंजीर निकालते हैं।

'चुप साले, भँड़ैत...भठियारे!' देवनाथ हाथ में गिलास उठाए वैसे ही खड़ा है।

'ई देखो, अब इनका भी टिंगा टिनटिनाने लगा!' गुरू हाथ झाड़ते हुए उठते हैं और सिंहासन पर जा बैठते हैं।

'साला दल्ला! घूसखोर, दुराचारी, लौंडियाबाज–मउगा साला! साला नेताई छाँटता है! संगठन चलाएगा! सिद्धान्त बकता है? साला चोर!' देवनाथ बके जा रहा है।

'ए सखारमवाँ!' गुरू आवाज़ लगाते हैं।

'हँऊँ।' सखाराम हाथी की तरह झूमते हुए उठते हैं।

'बाँध दे साले के टिंगा में छुड़छुड़िया तऽ। लगा दे आगी। जब छुड़छुड़ा के जरी त भागी साला! तब से बेदान्तर बूक रहा है।' गुरू बनियान-कुर्ता पहन रहे हैं।

'जबान सँभारि के तअ।' सखाराम बोलते हैं।

'अरे, हट्। तू क्या बोलेगा? तू तो अफ़सरों का बावर्ची है–बावर्ची।' देवनाथ सखाराम की तरफ मुड़ता है।

'हँअँ? मैं बावर्ची हूँ? मैं बावर्ची नहीं हूँ। मैं तो खँटिंक हूँ–खँटिंक। मैं तो आँपकी चँरण-धूँलि लूँगा।' सखाराम देवनाथ की ओर बढ़ते हैं।

हरीश झटके से बाहर निकलता है और अपनी खुरखुरिया स्टार्ट करके भाग लेता है। सिंह साहब, सेत्ताराम पता नहीं कब ग़ायब हो गए। राम सागर अपनी कुर्सी से लुढ़क गया है। सन्त प्रसाद की आँतों में फिर ऐंठन होने लगी है और वह उठकर अन्दर की ओर भागता है।

सखाराम वैसे ही कमर से थोड़ा झुके हुए, अपने दोनों हाथों को आगे हाथी के सूँड़ की तरह झुलाते हुए आगे बढ़ते हैं–'मैं तो खँटिंक हूँ। मैं तो आँपकी चँरण-धूँलि लूँगा।' देवनाथ पीछे हटता है। एकाएक सखाराम जी उछलते हैं और देवनाथ का एक पैर अपनी हथेलियों का चब्भा बनाकर पकड़ लेते हैं। उनकी पकड़ इतनी कड़क और मजबूत है कि देवनाथ अपना पैर झटककर छुड़ा नहीं पाता है। लगता है, उसका पाँव दो पत्थरों की फाँक में अचानक फँस गया है और अब कभी नहीं

निकलेगा। सखाराम जी देवनाथ का पाँव धीरे-धीरे ऊपर उठाते हैं और अपने माथे की ओर ले जाते हैं। वे झुककर चरण-धूलि नहीं लेंगे। लोहे की तरह तनकर, खड़े होकर लेंगे। लेकिन उनकी छाती तक पाँव आता नहीं कि देवनाथ धड़ाम से घास पर उलट जाता है। सखाराम उसकी छाती पर चढ़ बैठते हैं—''अफ़सरों का बावर्ची हूँ मैं?

'हन् दे साले को।...बाँध दे साले के हाथ-पाँव।' गुरू 'मेरी' वाली जंजीरें सखाराम को पकड़ाते हैं।

सखाराम पहले देवनाथ के दोनों हाथ बाँधते हैं, फिर दोनों पाँव। ठीक उसी तरह जैसे उदंत बछड़े की आँड़ी कूटने के लिए बाँधते हैं।

लेकिन इस बीच पता नहीं कब, देवनाथ बेहोश हो गया है।

सखाराम लौकी की बेल चढ़ाने वाले बाँस को झपटकर उठाते हैं और देवनाथ के बँधे हुए हाथों-पैरों के बीच घुसेड़ देते हैं।

'आइए भाई साहब!' वे गुरू को आवाज़ लगाते हैं।

दोनों मिलकर देवनाथ को कन्धे पर टाँग लेते हैं और फाटक से बाहर निकलते हैं।

'काली माई के थान पर भाई साहब?' आगे-आगे चलते हुए सखाराम जी पूछते हैं।

'बिल्कुल।' गुरू कहते हैं।

'वहीं इसकी बलि देंगे?'

'सही बात।' गुरू काँखते हुए बोलते हैं।

दोनों शर्मा जी के फाटक पर रुकते हैं।

'माई का थान तो बन्द है!' सखाराम जी उधर देखते हुए कहते हैं।

'माई जोग जगा रही होंगी।' गुरू बोलते हैं।

'जोगिन हो, जोगिन!' सखाराम चिल्लाते हैं।

'ए सखाराम!' गुरू बोलते हैं।

'हँअँ भइआ!'

'सुअर कहाँ लोटता है सखाराम?' गुरू पूछते हैं।

'नाले में...नाले में। हँअँ।' सखाराम नाले की ओर बढ़ते हैं।

तभी सन्त प्रसाद पैंट की ज़िप् खींचते हुए बरामदे में नमूदार होता है।

'हेए...सखाराम!' वह उन लोगों की ओर दौड़ता है।

लेकिन सखाराम तब तक नाले में उतरने लगे हैं। नाले के ऊबड़-खाबड़, खिरे हुए ढलान पर सखाराम लुढ़क जाते हैं। गुरू भी ढिमिलिया खाते हुए छप्-से नाले में गिरते हैं और बाँस समेत लुढ़कता हुआ देवनाथ भी।

सन्त प्रसाद जल्दी से नाले में घुसता है। वह बाँस को खींचकर निकालता है। जंजीरें खोलता है और देवनाथ के दोनों गालों को पकड़कर गर्दन इधर-उधर घुमाता है। देवनाथ आँखें खोलता है और लथपथ उठ बैठता है।

'ठीक हो न तुम?' सन्त प्रसाद पूछता है।

देवनाथ उसे फटी आँखों से देखता है, जैसे पहचान नहीं पा रहा हो।

'मैं हूँ—सन्त प्रसाद।'

देवनाथ उसका सहारा लेकर उठता है। दोनों ऊपर आते हैं।

'घर पहुँच सकते हो?' सन्त प्रसाद पूछता है।

'हाँ।' देवनाथ सिर हिलाता है।

सन्त प्रसाद उसका स्कूटर स्टार्ट कर देता है—'सँभल के।'

'ठीक हैं न भाई साहब?' सखाराम जी नाले में उठँगे हुए पूछते हैं।

'ई जौनपुर में गोमती है का सखाराम?' गुरू बोलते हैं।

'आप लोग हद कर देते हैं भाई!' सन्त प्रसाद फिर नाले में घुसता है, 'ए सखाराम, उठो।'

'उठूँ?' सखाराम जी उठते हुए बोलते हैं।

'उठिए गुरू! आपको भी चस्का लग गया है लोटने का।' सन्त प्रसाद गुरू का पँखुरा पकड़ के उठाता है।

'अस जिय जानि उठहु तुम ताता
मिलहिं न जगत सहोदर भ्राता।'

सखाराम जी झूमते हुए गाते हैं और गुरू का दूसरा पँखुरा पकड़ लेते हैं।

'मठ' के बरामदे में एक बँसखट पड़ी है। उस पर 'मेरी' की सेज सजती थी। सन्त प्रसाद गुरू को उसी पर ले जाकर लिटा देता है फिर सखाराम भी उसी पर जगह बना लेते हैं। दोनों 36 के आसन में लेटे हैं। सन्त प्रसाद बाहर निकलता है। राम सागर को उठाता है। फाटक बन्द करता है। स्कूटर स्टार्ट करता है और चल देता है।

'ठीक हो न सखाराम!' गुरू पूछते हैं।

'अरे, जाने दीजिए। सब नास कर दिया!' सखाराम बोलते हैं।

8

महीनों हो गए। चौखट लाँघने का मन नहीं होता। बच्चे बत्ती जलाते हैं तो मना कर देता हूँ। जैसे भीतर का दिया बुझ गया है। दिन-भर लेटा रहता हूँ। पत्नी बिस्तर पर ही खाना देती है और मेरा मुँह जोहती रहती है। दोस्त-यारों का फ़ोन आता है तो मना कर देता हूँ। बात नहीं करता। जोगियों का आता है। पत्नी बार-बार फ़ोन उठाते तंग आ गई है। वह रिसीवर अलग रख देती है। मैं शून्य में इस दुनिया का चेहरा तकता हूँ। शहर के स्वच्छ आईने में वह रात बार-बार झलक मार रही है। कितनी बार...कितनी बार!

'तुम्हें 'वहीं' अच्छा लगता है तो चले जाओ।' पत्नी बालों में हाथ फेरते हुए कहती है।

मैं चुप।

'लेकिन जीव मत दो।' वह फिर कहती है।

फिर एक दिन हरीश आता है।

वह बिस्तर पर हाथों में हाथ लिए बैठा है। मेरे बच्चे दूसरे कमरों से डरे हुए झाँकते हैं। वस्तुएँ और जीवन और जगत—सब गडमड। जैसे कबाड़ है संसार। किसी धुँधली अपेक्षा में जीवन बचा है।

बचा है फिर भी।

'इन्हें समझाइए न!' पत्नी आँखें पोंछती है।

'मैंने कहा नहीं था, तुम गुरू को नहीं जानते।' हरीश बोलता है।

मैं यों देखता हूँ जैसे इस कथा-प्रसंग को बिल्कुल नहीं जानता।

'उठो, कहीं चलते हैं।' हरीश ज़िद् करता है।

'कहाँ?' मैं पूछता हूँ।

●●●